乙女ゲームの破滅フラグしかない悪役令嬢に転生してしまった…11
特装版

山口悟

SATORU YAMAGUCHI

一迅社文庫アイリス

CONTENTS

第一章　国王陛下の呼び出し　8
第二章　お城の図書館へ行こう　91
第三章　マリアたちの育った町　123
第四章　きょうだいそれぞれの思い　176
第五章　父娘の思い　219
あとがき　248

破滅フラグしかない
AKUYAKUREIJYOU NI TENSEI SHITESHIMATTA
に転生してしまった…

人物紹介

キース・クラエス

カタリナの義理の弟。クラエス家の分家からその魔力の高さ故に引き取られた。色気のあふれる美形。魔力は土。

アラン・スティアート

ジオルドの双子の弟で第四王子。野性的な風貌の美形で、俺様系な王子様。楽器の演奏が得意。魔力は水。

ジオルド・スティアート

王国の第三王子。カタリナの婚約者。金髪碧眼の正統派王子様だが、腹黒で性格は歪みぎみ。何にも興味を持てず退屈な日々を過ごしていたところで、カタリナと出会う。魔力は火。

マリア・キャンベル

『平民』でありながら『光の魔力を持つ』特別な少女。本来の乙女ゲームの主人公で努力家。得意なことはお菓子作り。

メアリ・ハント

侯爵家の四女でアランの婚約者。可愛らしい美少女。『令嬢の中の令嬢』として社交界でも知られている。

ソフィア・アスカルト

伯爵家の令嬢でニコルの妹。白い髪に赤い瞳のため、周囲から心無い言葉を掛けられ育ってきた。物静かで穏やかな気質の持ち主。

★アン・シェリー

カタリナ付のメイド。
カタリナが八歳のときから仕えている。

★サラ

闇の魔力を持つ黒衣の女性。
闇の魔力に関する事件にかかわっている。

乙女ゲームの
OTOME GAME NO HAMETSU FLAG SHIKANAI
悪役令嬢
カタリナ・クラエス
クラエス公爵の一人娘。きつめの容貌の持ち主(本人曰く「悪役顔」)。前世の記憶を取り戻し、我儘令嬢から野性味あふれる問題児(?)へとシフトチェンジした。単純で忘れっぽく調子に乗りやすい性格だが、まっすぐで素直な気質の持ち主。学力と魔力は平均かそれ以下くらいの実力。魔力は土。
ニコル・アスカルト
国の宰相であるアスカルト伯爵の子息。人形のように整った容貌の持ち主。妹のソフィアを溺愛している。魔力は風。
★ラーナ・スミス
魔法道具研究室の部署長。カタリナの上司。有能だが変わり者。
★サイラス・ランチャスター
魔力・魔法研究室の部署長。真面目で堅物。ゲームの続編の攻略対象。
★ラファエル・ウォルト
魔法省に勤める青年。穏やかな性格の持ち主で有能。
★デューイ・パーシー
飛び級で一般の学校を卒業し魔法省に入った天才少年。ゲームの続編の攻略対象。
ソラ
火と闇の魔力を持つ青年。魔法省に勤め、職場ではスミス姓を名乗っている。ゲームの続編の攻略対象。カタリナを気に入っている。
★ポチ
闇の使い魔。普段はカタリナの影の中にいる。
★ルイジ・クラエス
クラエス公爵家当主。カタリナの父親。娘には激甘。
★ミリディアナ・クラエス
カタリナの母。娘と似たきつめの容貌の持ち主。

イラストレーション◆ひだかなみ

I was reborn as a villain daughter

第一章　国王陛下からの呼び出し

魔法省の仕事から帰宅後、夕食をたくさん食べた私、カタリナ・クラエスは自室のベッドに仰向けに寝転がっていた。

そんな時、ふと思い立って手を上に掲げてイメージしてみた。

すると、すっと手の中にそれが現れる。先端に髑髏《どくろ》が付いた黒いステッキ。

禍々《まがまが》しいステッキはどう見ても悪役の持ち物だ。

それだけではない、ベッド脇《わき》の机に置かれているのは闇《やみ》魔法の書かれた『闇の契約の書』、影の中には闇の使い魔であるポチ。まさに完璧《かんぺき》な悪役のセットである。

この状況は非常にまずいよな。私は深いため息を吐《つ》いた。

八歳の頃《ころ》お城で転んで頭を打ち、私は日本のオタク女子高生だったという前世の記憶を思い出した。

そして今世のこの世界が前世で亡くなる直前までやっていた乙女《おとめ》ゲーム『FORTUNE・LOVER』の世界であることに気が付いた。

おまけに私はそのゲームで向かう先はほとんど破滅しかない悪役令嬢だったのだ！

衝撃的な事実に気付き、私は色々と頑張った。

偶然、仲良くなったゲームの攻略対象やその婚約者や妹たちと共に、破滅フラグに立ち向かうべく、鍬《くわ》を取り畑を耕し、リアルな蛇の玩具《がんぐ》作りに精を出した。

そしてそんな地道な努力の甲斐《かい》もあってか、十五歳で入学したゲームの舞台である魔法学園では、私に破滅をもたらすはずだった主人公マリアとも仲良くなり、無事に破滅も乗り切ることができた。

これでもう破滅に怯《おび》えることなく悠々自適に暮らしていける！　とルンルン気分になった。

だが学園卒業と共に『婚約者のジオルド王子と婚姻を』という話が出てきたことで、公爵令嬢で精一杯で王子の妃《きさき》などとてもこなせそうにない私は焦った。

そうしてなんとか婚姻を先延ばしにするべく、知り合いのコネを使い入省した魔法省でそれは発覚した。

なんと『FORTUNE・LOVER』には続編が存在し、それが、主人公マリアの就職した魔法省で繰り広げられる新たな恋というものだったのだ！

それだけだったらまだ問題なかったのだが……その続編にはⅠで国外追放されたはずの悪役令嬢カタリナがカムバックし、また悪役としてマリアと攻略対象の前に現れるというものだったのだ！

そして今回もカタリナの向かう先は投獄か死亡のまたもや破滅のみだ……せっかく破滅を乗り切ってこれから楽しく暮らしていこうと思っていたのにひどすぎる！　と嘆きながらも私は新たな破滅フラグと戦うべく作戦を考えている。

しかし、そんな私の思考とは裏腹にゲームのカタリナと同じように闇の使い魔はできるし、

『闇の契約の書』を貰《もら》ってしまうし、おまけにこの前はついに闇のステッキ（髑髏付き）を手にしちゃうしで、見た目だけなら完璧な悪役になってしまっているのだ。

もうため息しか出てこないというものだ。

せめてこの髑髏ステッキだけでも、可愛《かわい》い星のステッキに変えられないものだろうか。

そんなことを考え、日々こうして試しているが、もう形が決まってしまったのか、それとも背負った悪役の宿命なのか、髑髏ステッキが可愛く変化してくれることはなかった。

そうして改善されない悪役セットだけでなく、さらに今、私は魔法省で闇の魔法が使えるように練習している。

自らの意志ではなく「『闇の契約の書』に書かれている内容を知るために」と魔法省の上層部からのお達しでだ。

それは契約の書に記されている魔法が、他者に伝達できず、また書を手にした者本人でなければ使えないということが判明したためだ。

よって今の私のように、闇の使い魔であるポチこそ影に飼っているが、闇の魔法なんてこれっぽっちも使えないままでは『闇の契約の書』の持ち腐れになってしまうのだ。

『危ない魔法（人を操る）とかではなくていいので、少しでも何かできるようになってくれ』と言われ、以前、闇の魔法を使っていたラファエルの指導を受け練習中だ。

正直、ただでさえ悪役セットを手にしているのに、さらに闇の魔法を使えるようになってしまうと、本当にゲームの中の悪役令嬢カタリナに近づいていっているようで不安になるのだが……それでも確かにここまで必死で解読してきた契約の書が無駄になるのは私も悲しいこともあり、上からのお達しを受けた。

それにあわよくば、闇の魔法で目くらましのようなものを覚えて、破滅しそうになったら国外まで猛ダッシュで逃げるという案も考えているのだ。

戦わずして一目散に逃げるなんて悪役の風上にもおけない行為ではあると思うがそこは仕方ない。私はとにかく破滅を回避しなければならないのだ。

そうは意気込んでみても、魔法学園でのゲームⅠは途中までプレイしていたので、内容も少しはわかり、何よりも終わりが卒業式までとわかっていたので頑張れたけど……今回のⅡに関してはまったくやっていないので、どれがゲームイベントかもわからず、終わりもどこなのか不明で本当に大変なのだ。

唯一の手掛かりは、たまに（どういうタイミングなのかわからないが）見るⅡをプレイしている前世の親友あっちゃんの夢と、誰が書いたのかわからないが、偶然、本の間にはさまれていて手に入れた日本語で書かれたゲームⅡ情報のメモの二つだけだ。

どうにかしてもっと情報を集めたいけど……夢もただ眠れば見られるわけではないし、あのメモのような紙もあれ一枚きりで他《ほか》を見つけることはできない。

今、できるのは闇の魔法の訓練と、あとはバッドエンドに投獄があるらしいから、もしもの時の脱獄方法を考えておくことか。

その辺は人生経験豊富なソラあたりに聞いてみようと思っているけど知っているかな。

それにそうして破滅対策だけでも非常に忙しいというのに、さらに考えなくてはいけない件もできてしまった。

それは先日の出来事だった。


「カタリナ様、旦那《だんな》様がお呼びです」

魔法省から帰ってきて部屋でゴロゴロしていたら使用人にそう告げられ、私はややどきりとなった。

お母様に呼びだしをくらうことはよくあるが、お父様に呼び出されるということはあまりないことだったので。

私、何かやらかしたっけ？　と不安を抱えながらお父様の部屋へと向かった。

「カタリナです。お呼びとのことで参りました」

お父様の部屋の前に行き、ノックしてそう声をかけると、

「おお、すまない。入ってくれ」

と朗らかな声が返ってきた。

声の様子から怒ってはいないみたいだな。まぁ、お父様が私に怒ることってほぼないんだけどね。

しかし、注意されることは多いので今回もその可能性は高いため気を引き締める。

机に向かい書類をめくっていたお父様の元へ向かい、

「なんの御用だったでしょうか？」

そう問うとお父様はいつもの娘大好きのへにゃり顔でなく真面目《まじめ》な顔になった。

やはり何かお説教かしらと身構えると、

「実はカタリナとジオルド王子とのことなんだが」

「ジオルド様とのことですか？」

最近、ジオルドに何かしたっけ？　孤児院に個人的に連れていったのが問題になったとか？

そんな風に思ったが、

「二人が婚約を結んでもう十年近くになる。カタリナもジオルド王子も、もう学園も卒業しているしそろそろ正式に婚姻を結んでよいのではないかという声が親戚筋《しんせき》から出てきているんだ」

「婚姻ですか！」

予想外の答えに驚きの声をあげてしまった。

確かに学園を卒業したら婚姻を結ぶという貴族は多いらしいが、私の周りの友人たちにはそういった人がおらず、ジオルドの兄たちもまだ婚姻を結んでいないようなのでまだまだ先のことのように考えていた。

「あの、でもジオルド様のお兄様方もまだ婚姻は結んでいらっしゃらないですよね？」

私がそう言うと、お父様はこくりと頷《うなず》いた。

「ああ、だからこそ先にジオルド王子が婚姻を結べばその分、ジオルド王子の王位継承が有利になるのではないかという者がいてね」

確かに独身よりは伴侶《はんりょ》がいた方が、王位継承が有利になるのか。

「あの、でもお父様、お母様たちも言っている通り、私には王妃はもちろん王子の妃だって務まらない気がするんですが」

私は公爵令嬢の身分でもギリギリというか、義弟のキースのフォローなしでは危うい状態だからな。さらに上の身分とか無理だと自分でも思う。

そう言った私をお父様はじっと見つめ、

「私はカタリナに王妃や王子の妃が無理だとは思わないよ」

と口にした。

「お父様!?」

いや、あなた娘大好きだからって目に親バカフィルターがかかっているのではないか！

私のそんな心の声を読んだのか、お父様はくすりと笑って、

「カタリナのマナーが苦手なのも、お淑《しと》やかとは言えないのもわかってはいるよ。それでもカタリナは本当に大事なところでは間違えないし、人を見る目もある。それに人を惹《ひ》き付ける力もね。だからカタリナが本当にやる気を出せば素晴らしい王妃にだってなれるはずだよ」

そう言い切った。

やっぱり親バカフィルターがかかっている気がするが、まっすぐ目を見て言い切られると、

なんとなくできそうな気もするから不思議だ。

「では、お父様も私が早くジオルド様と婚姻を結んだ方がいいとお思いですか？」

今までお父様に婚姻を急《せ》かされたことがなかったので、そんな風に考えていないと勝手に思い込んでいたが、そうではなかったのかと思い、そう問いかけると、

「いや、私は別に王家との強固な結びつきとかいらないから、どちらでもいいよ」

「えっ、そうなんですか？　じゃあなんで婚姻の話を!?」

「親戚の方でそういう話が出ていることを聞かせておこうと思ってね。お茶会や舞踏会等で話を振られることもあるだろうから」

「……はぁ」

なんだ。あくまで親戚からそういう話が出ているというだけだったのか。私はほっとした。

しかしお父様、王家との結びつきはいらないんだ。まぁ、野心家とかにはまったく見えないけど、そんな風に言い切るのもすごいな。

あれ、でもそれなら、

「お父様、私とジオルド様の婚約が決まった時、とても喜んでいましたよね。それは王家と結びつきができるからではなかったのですか？」

婚約が決まった頃の話を思い出し、そんな風に尋ねると、

「ははは、二人して同じようなことを言うね」

「えっ？」

「いや、なんでもない。ジオルド王子との婚約を喜んだのは、あの頃のカタリナがそれを望んだからだよ。カタリナの望みが叶《かな》って嬉《うれ》しいなって思ったんだよ」

「……お父様」

想像以上の親バカぶりです。こんな感じでクラエス家は大丈夫なのだろうか。

そんな父と家を心配する私をよそに、お父様は言った。

「でも今のカタリナは特にジオルド王子との婚姻を望んでいないだろう。だからどちらでもいいのだよ」

「……」

あの頃の私、前世の記憶を取り戻す前のカタリナはジオルドに一目惚《ぼ》れして騒いでいた。でも今の私はそうではない。

お父様もどうやらその辺の変化には気付いていたようだ。

「私はね、カタリナ、君には本当に愛する人と結ばれて欲しいと思っているんだ。私とミリディアナのようにね」

「お父様とお母様のようにですか?」

お父様とお母様は私に前世の記憶が戻る前はお互いに誤解していて、やや冷めきった仲だったけど、なんやかんやで誤解が解けてからは子どもが恥ずかしくなるくらい、現在でもラブラブなのだ。

「ああ。それにできれば私たちみたいに互いに誤解して過ごすことなく、しっかり気持ちを伝えあって幸せな夫婦生活を送って欲しいと思っているんだ」

やはりお父様の中でもすれ違っていた期間はつらいものだったのだろうな。今、二人がラブラブになれて本当によかった。

「そのためにも、カタリナには私のように焦って動いて可笑《おか》しな誤解を生むことがないように、ゆっくり自分の気持ちを考えて欲しいと思っていたんだけど、カタリナは私が思ったよりもずっとゆっくりなようだから、少し助言をしておこうと思ってね」

そうか、そんな考えで婚姻を急かされることがなかったんだ。お父様も色々と考えていてくれていたのね。ありがたい。

「カタリナ、君には愛する人と結ばれて欲しいと思っている。でも君も、君の周りももう適齢期だ。君が色々と悩んでいる間に君が誰《だれ》かを好きだと気付く前に、その誰かが別の人と婚姻を結んでしまうかもしれない。そうなればもうカタリナには何もできない」

「……」

「ジオルド王子との婚姻も、もしカタリナがこの先ジオルド王子を本当に愛するようになったとしても、こうして婚姻を延ばしている間に婚約は破棄され、ジオルド王子は別の人と婚姻を結ぶかもしれない。特にジオルド王子には王族という立場もあるからね」

「……」

「カタリナ、私は君の人を見る目は確かだと思っている。だから君が愛する人をこの人だと決めて連れてきたなら、その人が誰でも反対する気はない。全力で応援するよ」

「……」

「カタリナが魔法省に入って大変なのはわかる。だけど迷っている間にその人を失ってしまわないようにちゃんと考えるんだよ」

お父様はそう言って話を締めくくった。

私は突きつけられた現実に呆然《ぼうぜん》となり、頭が上手《うま》く働かないまま、お父様の部屋を後にして自室へと戻った。

自分の気持ちをきちんと考えて愛する人を見つける。その人を失ってしまう前に。

私が愛する人を見つける。駄目だ。考えようとするとなんだか背がざわざわする。

ちゃんと考えなくてはいけないのに……駄目だ。また今度にしよう。


そうしてその件もずるずると引き延ばして、仕事もバタバタしていたからと今日《きょう》までまだ何も考えていないのだ。

これでは、話をしてくれたお父様にも呆《あき》れられそうだ。

自分の気持ちを考えることに、ゲームの破滅の対策に、やることは山積みだ。

でも考えることが多くて、頭が追いつかない。

ああ、そのせいでまた眠くなってきた。

あれから結局すぐに眠ってしまい、気付けば朝を迎えていた。

破滅対策のよい策はもちろん、自分の気持ちについてもまた全然、考えられていない。

自分でも自分に呆れてしまう。

手に持っていたはずの髑髏ステッキはいつのまにか影に戻っていたようだ。

見た目はあれだが、中身？　はいい子なのかもしれない。

今日も魔法省勤務の日で、いつも通りメイドのアンに布団を引《ひ》っ剝《ぱ》がされて目覚める。

「カタリナ様、朝です。起きてください」

「……う～ん」

半分、寝ぼけたままアンに支度を手伝ってもらい、朝食を食べ、馬車に乗り込む。そして馬車で二度寝しつつ魔法省へと向かった。

魔法省に着いたら叩《たた》き起こしてもらい、門をくぐって部署へ向かう。

「おはようございます」

挨拶《あいさつ》しながら魔法道具研究室のドアを開ければ、同期のソラと部署一忙しい（もしかしたら魔法省一かもしれない）副部署長のラファエルがすでに来ていた。

ソラは同期で新人仲間なので、いつも先に来ていて部署の掃除などをしているが、ラファエルがいるのは珍しい。

不思議に思って見ているとラファエルが、

「また仕事が溜《た》まってきているから早めにきたんだ」

と教えてくれた。その疲れた様子に私は、

「あの、忙しいのなら、今日の練習は自主練にするので」

と提案した。

現在、私はほぼ毎日、闇の魔法の訓練をラファエルから受けている。

上層部からのお達しではあるが、忙しいラファエルの負担になっているのは明らかだと思う。頑張り屋のラファエルに無理して欲しくなくてそう言ったのだけど、

「それはまったく大丈夫だよ。むしろそのために早く終わらせようと思ってきたからカタリナさんは気にしなくていいよ」

ソラと私と三人だけだからかラファエルは口調を崩しつつ、それでいてきっぱりと言い切った。そのため、その話はそこで終わりとなった。

私は机でカリカリと書類にペンを走らせるラファエルの横でソラと共に掃除を始める。

魔法道具研究室は、謎《なぞ》の実験道具やらダンベルのような筋トレ道具に化粧品など様々なもので溢《あふ》れていてごちゃごちゃはしているが、だからといって汚いというわけではないのでさっと片付け少し箒《ほうき》でもかければ綺麗《きれい》になる。

私はさっさと箒をかけながら、昨日《きのう》の夜に考えていたことを思い出して、共に掃除するソラに尋ねた。

「あのさ、ソラは牢屋《ろうや》の鍵《かぎ》とか開けることができる?」

「はぁ、突然、何を言っているんだ」

私の問いにソラはいぶかしげな顔をした。

「あの、その、今後もしもの時のために、牢屋の鍵を開ける方法があれば知っておきたくて」

もっとそれっぽい理由を考えてから聞けばよかったかもしれないと思いながらも、そんな風に続けると、ソラは呆れた顔になった。

「いや、どんなもしもだよ。どんなことが起きたら高位貴族の令嬢が牢屋に閉じ込められるんだよ」

『それは悪役令嬢として攻略対象を邪魔した時よ！』と答えたかったが、まさかそんなことは言えないので……私は必死に頭を巡らせた。何か牢屋に閉じ込められるようなシチュエーションは――あっ、そうだ！

「あの、この前の港町で捕まってしまったでしょ。あんな時に自分で逃げてこられるようにしたいのよ」

我ながらいい案だと思ったが、ソラの顔が曇ってしまった。

「……ああ、あの時は俺《おれ》のせいですまなかった」

「えっ、いや、あれは完全に私のせいで、ソラはまったく悪くないのだけど」

勝手にソラを追いかけて敵に捕まってしまった完全な自業自得。おまけにそのせいでソラまで捕まってしまって足手まといがひどかった。

誰に聞いても私のせい以外の何ものでもないのだが……なぜかソラは首を横に振って、

「俺が冷静さを欠いていたのもいけなかった。今度は絶対、お前をあんな目に遭わせないから大丈夫だ」

そんな風に言ってくれた。

うっ、こんな私にはありがたすぎる言葉なのだが……今はそうでない。私はとにかく今後、投獄された時のために牢の鍵の開け方を知りたいのだ。

「あの、その、ソラ、私にはありがたいのだけど……その、私は鍵の開け方を……」

しどろもどろになる私に、ソラは不思議そうな顔になる。

「だからもうあんな目には遭わせないから」

駄目だ平行線だ。

どうしたものかと考えていると、意外なところから声がかかった。

「ソラ、カタリナさんは、ただ鍵の開け方を知りたいみたいだよ」

声の方へ目をやるとラファエルがやれやれという感じでこちらを見ていた。

「えっ、でももう閉じ込められるような事態にはしないようにしようと」

ソラがそう口にすると、ラファエルは、

「そのこととはまた関係なく、ただ単に鍵の開け方を知りたいみたいだね。本か何かで読んで気になったんじゃないかな。カタリナさんは好奇心が旺盛《おうせい》だから」

そんな風に言って苦笑を浮かべた。

「そうなのか？」

ソラが私を見てそう聞いてきたので、私も、

「そうなの。本で見て知りたくなって」

とラファエルに感謝し、話に乗っからせてもらった。

最初はいぶかしげな顔をしていたソラも、

「そうか、お前ってそういうところあるものな」

と納得してくれた。

「あの、それでソラは鍵の開け方とか知っているの？」

私がそう再度尋ねると、

「簡単な作りのものくらいなら針金のようなものを入れて回せば開くこともあるが、鍵にも色々な種類があるからな。凝ったものはまず型とりから始めないと難しいな」

ソラは顎《あご》に手をあて何かを思い出すようにしてそう話してくれた。おそらく過去の仕事のあれこれのことだろう。

しかし、ソルシエの牢獄《ろうごく》の鍵が簡単な作りとは思えないので、たぶん針金では開かないだろうな。そうなると使えるのは型をとる方法とやらだが、

「型って何でとるの？」

私がそう聞くと、

「ああ、粘土のようなもので型をとって、それを元に金属で複製を作るんだが、これもそう簡単にはできないな」

との答えが返ってきた。

粘土で型をとって金属で複製を作るって、それ牢屋に入れられてからではできなさそうだな。

「う～ん。何か、もっと画期的な方法はない？　こうしゅぱっとできそうなやつ？」

「いや、ねぇよ。そんなのがあったらまずいだろう」

私の問いにソラが呆れた顔をした。

それはそうだよな。私がしゅんとなると、再びラファエルが口を開いた。

「型をとって形にするなら、もしかしたらクラエスさんの闇魔法で、できるのではないですか？」

「えっ、闇魔法で⁉」

私は思わずラファエルの机までにじり寄った。

そんな私にラファエルはまた苦笑を浮かべ、

「闇魔法は闇を操れる。そしてクラエスさんはそれを完全に実体化できるようなので、もしかしたらそれで鍵を開けることができるかもしれませんよ。必ずとは言い切れませんが」

そう言った。

「やってみたいです！　教えてください」

私がすぐにそう言うと、ラファエルも、

「では、そのあたりも今日から練習してみましょう」

と頷いてくれた。

「はい。お願いします」

とニコニコになった私。

しかしその直後、ラファエルは私にしか聞こえない声で静かに告げた。

「とても必死な様子だったので訳は聞かないでお教えしますが、決して危険な真似《まね》はしないでくださいね。何かあったらまず報告して相談してくださいね」

その声色には否を言わせない凄《すご》みがあった。

賢いラファエルにはなんだか色々と見透かされていたようだ。

「……はい」

気圧《けお》されて頷けば、ラファエルはにこりとして言った。

「絶対ですからね。破ったらお仕置きですよ」

その笑顔はいつもと違って黒く見えた。

そうだった。ラファエルも、ただ優しいだけの人じゃなかったということを改めて思い出した。

でも、これも私を心配してのことだってわかっているので、気を付けようと気を引き締める。

しばらくすると、他の職員たちもやってきて仕事が始まる。

私はいつも通りラファエルと別室に移動して闇の魔法の練習に入る。

「闇の魔法は闇を操ります。それはこれまでも説明しましたね」

「はい」

部屋に着くとラファエルが早速、先ほど口にしていた鍵開けの方法を説明してくれた。

「今、練習している闇を生み出し広げる魔法はまさにその初歩的なものです。その生み出した闇で別の形を作ることもできます。そのあたりは他の魔法とも共通しますね」

確かに、土、火、水もその形を操ることができる。ちなみに私は魔力が足りなくてそこまでできないけど。

「そして、カタリナさんはその闇でかたどったものを実体化することができました」

「あっ、はい。髑髏ステッキですね」

「そうですね。その髑髏ステッキ？　が作れたので、上手くいけば同じように闇で作ったものを実体化できないかやってみようと思っていたのです。鍵穴に合う闇を作り出して実体化できればカタリナさんがやりたい鍵開けもできますよ。練習をしてみましょう」

「はい」

なんだか上手い具合に誘導された感もある気がしたが、そういうわけで闇の形を実体化させるという練習が始まった。

正直、闇を作り出す練習も小豆《あずき》からミカンくらいにはなったけど、なかなか大きくならないし飽きてきていたのでありがたい。いや、もしかして優秀な教師であるラファエルはそのあたりの私の心理も考えて新しいことを提案してくれたのかもしれない。ラファエルは人の心の機微に聡《さと》いからな。

「では、闇を生み出してみてください」

「はい」

私は髑髏ステッキを取り出して『えい』と振って目の前に黒いミカンを作り出す。

ここまではいつも通りだ。いつもならここで大きくしようと頑張るのだが、今日は形を変えるように想像してみましょうとのことだ。

私はミカンをじっと見つめ『鍵になれ～』と念じてみた。すると、ミカンがぐにゃりと動いてなんとなく鍵っぽい形になった。

あっ、一回で成功！　すごい私！

「カタリナさん、すごいよ。一度でできるなんて」

「えへへへへ」

ラファエルにも褒められて私はご機嫌だ。すごい私って闇の魔法の才能があるのかもしれない。目指せ闇の魔法使いマスタークラス！

よし、これをもっと素晴らしい鍵の形に変えてと考えていると、部屋のドアがノックされた。

ラファエルに目配せされ、私はさっと髑髏ステッキと闇の鍵をしまう。

闇魔法は機密であり、知っている人物は限られているのだ。

しかし、続いて聞こえた声に別に隠さなくてもよい人物だったことが判明した。

「私だ。ラーナだ」

それは私たちの部署長、ラーナ・スミス様だった。

すごく優秀なんだけど極度の魔法オタクで、魔法のことに夢中になりすぎると他の仕事をおろそかにしてしまうというちょっと問題もありの上司である。

ラーナは闇の魔力にも興味津々でちょいちょい訪ねてくることがあるが、それでも部署の右腕であるラファエルが私の元に来ているので、その間はちゃんと部署長として仕事をしなくてはならないと思っているようで、今まで時間内にきたことはなかった。

どうしたというのだろう。何か問題でもあったのだろうか。

「どうぞ」

ラファエルがそう声をかけるとラーナが入ってきたがその顔は暗かった。やはり何かあったみたいだ。

「どうかされましたか？」

ラファエルがそう尋ねると、ラーナが口を開いた。

「実は呼び出し状が届いた」

「上層部からですか？」

ラファエルがさらりと聞く。魔法オタクでのめりこむあまり仕事をほったらかしにしがちなラーナはよく魔法省上層部から呼び出しをくらっているらしい。

「違う。城からだ」

「城って王族の方からの呼び出しですか？」

「ああ、しかも相手は国王陛下だ」

私とラファエルは思わず目を合わせた。

ラーナは一体何をやらかしてしまったのだ!?

「ラーナ様、何をしでかしたのですか?」

私と同じことが浮かんだらしいラファエルが、ラーナがやらかした前提でそう問うたが、
ラーナは目をぱちくりして、

「いや、私は何もしてない。というか呼び出されたのは私ではなくカタリナ嬢だ」

と答えたではないか。

「わ、わたしですか!?」

なんで私が王様に呼び出されるの!?

何かやらかしたっけ!?　と慌てる私にラーナが、

「おそらく、『闇の契約の書』の件だと思う。マリア嬢も同じように呼び出され、訪れる際には書物を持てとの伝言もあるのでな」

「……ああ、そのことですか」

偶然、手に入れてしまった『闇の契約の書』は非常に貴重なものとのことで同じように『光の契約の書』を手に入れたマリアと目下、解読中なのだ。

何かやらかしたのでなくて良かった。あれでもそれじゃあ、

「なんでラーナ様はそんな暗い顔になっているんですか?」

自分が呼び出されたわけでもなく、呼び出しの理由も明らかなのになぜラーナの表情は暗いのか、不思議に思って尋ねると、ラーナはかっと目を見開いた。

「今まで報告を上げても王族から特に何も言われないのをいいことに、好き放題闇の魔法も研究していたのに、ここにきてついに赴いてこいということは、もしかしたらこれ以上闇の魔法を調べることは禁じると言ってくるのかもしれないじゃないか。せっかく未知の魔法が目の前にあるのに、何もするなと言われるなんて耐えられない！」

完全に魔法オタク（自分事）だった。こちらにはどうでもいいことで勝手に暗くなっていた。

でも、ラーナの予想もあながち筋違いではないかもしれない。

元々は禁忌で王族の中だけで隠されていた魔法、ラファエルやサラという女性の件で私たちの周りではすっかり認知されているけど、本来は公にしてはいけないもの。

もしかしたら、もうこれ以上関わるなと言われる可能性もないわけではない。それはそれで闇の魔法との縁が切れていいのかしら？

でも、いざという時の目くらましとか、鍵開け方法は確保しておきたいし、何よりポチはもう私の影から引きはがせないからな。その辺はどうすればいいのだろう。

落ち込むラーナの話曰《いわ》く、呼び出しは今日の午後とのことで、もう色々と考える時間もない。妙に急なのもなんだか不安になるな。

ちなみに国王陛下からの呼び出しというのは伏せ、仕事が落ち着いていたので、ジオルドたちからの私的なお誘いを受けたという体で向かうとのことだった。なんでも公の呼び出しにはできないからだそうだ。この辺も闇の魔力が公になっていないからだろうとのことだ。

こうして、突然の呼び出しに私はラファエルとの授業を急遽《きゅうきょ》終え、支度を整えてマリアと共に城へ向かうことになった。

少し不安な私をラファエルが優しい笑顔で、大丈夫と微笑《ほほえ》んで見送ってくれた。


城へ向かう馬車の中、ラファエルの笑顔に不安は薄れたけど、今度は緊張してきた。

なぜなら私、これまでちゃんと国王陛下と対峙《たいじ》したことがなかったから。

城で行われたパーティーとかで軽い挨拶くらいはしたことがあったけれど、それもほぼジオルドの隣でニコニコしていただけだ。

他の国の事情はよくわからないけど、うちの国王陛下はとにかく多忙だと聞く。王妃様も同じように公務をこなし、今では息子たち四人も様々な公務を分担しているとのことだが、それでも国王陛下は非常に多忙でアポイントが取れないと聞いたことがあった。

そんな国王陛下に公ではないが直々に呼び出されるとか、緊張するなという方が無理だ。

小さく息を吐き、ふと前の席に座っているマリアを見ればその顔がものすごくこわばっていた。

「マリア、大丈夫？」

思わずそう尋ねればマリアは、

「その、国王陛下にお会いするというので、緊張してしまって」

と、とてもこわばった声で告げてきた。

それを聞いて私ははっとなった。

公爵家令嬢で王子の婚約者である私ですら、めったにお目にかかれない国王陛下と対峙するのは緊張するというのに、平民のマリアが緊張しないわけない。いや、確実に私よりもずっと緊張するだろう。

珍しい光の魔力を持ち魔法省でも一番優秀と言われる部署に身を置き、バリバリと仕事をこなしているのでつい忘れてしまいそうになるけど、マリアだって同い年の普通の女の子なのだ。緊張したり怖くなったりするよね。

私は前に座るマリアの手を取り自分の手の中に包み込んだ。その手は緊張のため少し震えていてそして冷たかった。

「緊張しちゃうよね。私もそう」

私がそう告げるとマリアは目を丸くした。

「カタリナ様もですか?」

「うん。そうだよ。マリアだけじゃないよ。当たり前だよ。国で一番偉い人に呼び出されたんだからね」

私がやや大げさな感じでそう言うと、マリアの顔に少しだけ笑みが浮かんだ。

「ふふ、そうですね」

そう言ったマリアの手の震えは止まっていて、少し温かさが戻ってきていた。

私の中の緊張もマリアの手に戻る温かさと共に薄れていった。

そして『いっそ国王陛下をじゃがいもだと思ったらどうだ』なんて不敬なことを話しているうちに城へ到着した。

ジオルドたちに私的な用事で呼ばれたという体でやってきたため、もしかしたらジオルドたちが待っているのかなと思ったけど、そこには王子たちの姿はなかった。

私とマリアは城の使用人に案内され、城の応接室の一室に通された。

城への入場が許可されている貴族ならば申請すれば使用できるその部屋はそう大きくもないところだ。そこで待つように言われた。

おそらく時間になったらまた呼ばれ、国王陛下の元へ案内されるのだろう。

しかし、ここにきて私は唐突にトイレへ行きたくなってしまった。

国王陛下との謁見に向け気合を入れるため、お昼をがっつり食べたのがいけなかったのかもしれない。

私はマリアにトイレに行ってくると告げ、応接室を飛び出した。

ここの場所から一番近いトイレは知っていたのでそこへ駆け込みなんとか事なきを得た。

よかった。間に合ってとほっとし、では戻ろうとすると、なぜかまた影からポチが飛び出て走って行ってしまった！

国王陛下の謁見前にお城で闇の使い魔を迷子にさせるとかまずい。

私は慌ててポチの後を追いかけた。

そしてポチの辿《たど》りついた先は――――またここなんだな。

そこは以前にもポチが逃亡してきた立ち入り禁止の場所。

聞いた話では前国王陛下の末の子ども、ジオルドたちの叔父にあたる人物が前国王陛下の王位継承争い後から引きこもっているという建物だ。

昼でも薄暗いこの場所に何かいいものでもあるのだろうか、ポチがここに逃げてくるのはもう三回目だ。

しかも今回は建物の脇まできてしまっている。立ち入り禁止とされている場所なのにまずいな。国王陛下との謁見もあるから早く戻らないと。私はポチに、

「ポチ、早く影に戻って」

と強めに言った。

ポチはやや不服そうな顔をしたものの、私の険しい顔を見てしぶしぶ影に戻ってくれた。

よし、じゃあ、早く戻ろうと足を踏み出した時だった。

ガチャリと音がして、すぐ近くにあった窓が開いた。

そしてそこには一人の人物が立っていた。

キラキラと光る金色の髪に黒い瞳《ひとみ》の青年だった。

私は幼い頃から国でトップクラスの美形に囲まれていたので、綺麗な人も見慣れていたのだが、それでも思わず我を忘れ見惚《みと》れてしまうほどその人は綺麗だった。

例えるなら絵画に描かれた天使のような美しさで、まるでこの世のものではないような雰囲気が漂っていた。

そんな雰囲気にのまれて思わずぼーっと見つめていたため、あちらもこちらに気付いてしまった。

その澄んだ黒い瞳とはっきりと目が合ってしまった。

すると青年の綺麗な眉《まゆ》が寄った。そして、

「なんでこんなところにいる？」

彼から発せられた声はひどく冷たいものだった。

向けられた冷たい視線と声にびくりと身体《からだ》が揺れた。

これは入ってはいけないところに入って怒らせてしまったのかもしれない。

「あの……迷ってしまって、すみません。すぐにどこかへ行きます」

ポチのことは言えないのでそう答えて急いで去ろうとすると、

「そう、ならさっさと居なくなってくれ。悪女カタリナ・クラエス」

そんな言葉をかけられ、私は思わず出しかけた足を止めてしまった。

「私のことをご存じなのですか？　それに悪女ってどういうことですか？」

おそらくこの人物は例の引きこもった王子なのだろうが、私は一度も会ったことがない。そして悪女とはどういう意味だ。

私の問いに青年は片方だけ唇をぐっと引き上げた。

「だって君、有名だよ。王子を手玉に取って弄《もてあそ》んでいる悪女って」

「えっ、そんなことしていないわ！」

ジオルドに釣り合わないと蔑《さげす》まれることはあっても弄んでなんて言われたことがなく、思わずそう返すと、

「愛を請われてもずっと無下にして、相手を傷つけて自覚もないなんて、君は最低だね」

青年はそう言って皮肉気に笑った。

「……私は……」

確かにジオルドに告白されて、ずっと答えを出せないでいる。このままでは駄目だとお父様にも言われた。

戸惑う私に、青年は、

「もういいからさっさと消えてくれ」

そう言ってバタンと窓を閉めた。

結局、名前すらわからず、ただ彼が私を嫌っていることだけはわかった。

青年の言葉は胸にざくりと刺さったままだったが、国王陛下との謁見があることを思い出し、私はなんとか気持ちを切り替え急いで部屋へと戻った。

遅くなったのを心配してくれるマリアに、

「トイレの場所を少し間違えちゃって」

と笑ってごまかした。

なんとなくあの青年のことは話せなかった。それに言われた言葉もまた今は考えられないと胸の奥へと追いやった。

そうして私が戻ってから、しばらくして部屋がノックされた。

使用人が『国王陛下がお呼びです』といよいよ国王陛下の元まで案内してくれるのだろう。そう思ったのだ。

だから入ってきたのは使用人だと思い込んでいたのだが……その姿を目にし、私はすぐに深く頭を下げた。

これまでの貴族令嬢として育てられた教育がようやく役に立った瞬間だった。

私の様子に気付き、横にいたマリアもさっと頭を下げるのがわかった。

そんな私たちに、入ってきたその人物は、

「顔をあげなさい」

と声をかけた。

私は少し緊張しつつ、ゆっくりと顔をあげた。

そこには銀髪碧眼《へきがん》でジオルドに似た面差しを持つ男性が立っている。

ただそこにいるだけでもなんとなく迫力があるこの人こそソルシエ国王、オーウェン・スティアートその人であった。

これから国王陛下の待つ場所まで案内されると思ったら、まさかの城の中ではそうたいしたことのない応接室に、国王陛下自らやってくるなんて想像もしていなくてただただ驚いてしまう。

そんな私たちに国王陛下は穏やかな声で告げた。

「今日は突然、呼び出してすまなかった。急に予定が空いたので前々から直接会っておきたいと思っていた君たちに声をかけさせてもらったのだ」

「いえ。陛下にそのように言っていただき光栄です」

私が淑女の礼をとりながらそう返すと、国王陛下は少し目を開きこう言った。

「この場は私、オーウェン・スティアートが個人的に用意した場だ。気負わずに息子たちと同じように話してくれてかまわん」

この部屋に直接、国王陛下がやってきた時にも少し疑問に思ったのだが、これはあくまで国王ではなくオーウェン様個人としての呼び出しだったようだ。

そうでなければこんな場所に国王陛下が数人の使用人だけをつれてやってこないだろう。

しかし、気負わずと言われても、さすがに王様相手にジオルド、アランと同じようにフランクに接することはできない。というかよく考えればジオルド、アランにフランクに接しすぎているのかもしれない。幼馴染《おさななじみ》で昔からしょっちゅう会っているからもはや王子様だってことを半分くらい忘れちゃっているところがあるからな。

そんなことをぐるぐる考えている間に、椅子《いす》に腰かけるように促され、国王陛下が腰かけるのを待って腰を下ろした。

「では早速で悪いのだが、君たちの手に入れた契約の書というものを見せてくれないか」

国王陛下の声かけに、私は使用人たちに視線を移した。

契約の書は一部の人間の間だけの秘密案件だから、ここで話して大丈夫かなと思ったのだ。

それを察したらしい国王陛下はこくりと頷き、

「この者たちは私に一番近しい者たちで、契約の書も闇の魔法のことも知っているので問題はない」

そう言い、使用人たちも小さく頭を下げた。

ならば安心だな。私はカバンの中に入れてきた『闇の契約の書』を取り出し、机の上に置いた。隣でマリアも同じように『光の契約の書』を取り出す。

「これがそうか」

国王陛下はそう呟《つぶや》くと、まずはマリアの『光の契約の書』から手に取り、裏表をじっと見分しやがて中身をペラペラとめくり始めた。

契約の書は持ち主にしか読むことができず、他の人が開いても白紙のページが広がっているだけだが、国王陛下はすでにそのことを知っていたようで、特に驚いたりいぶかしげにすることもなくページをめくった。

最後までめくり終わると『光の契約の書』を机に戻し、今度は私の『闇の契約の書』を手に取った。

『光の契約の書』の時より少し慎重に見えたのはきっと気のせいではないと思う。やっぱり『闇の契約の書』とかちょっと怖いよね。

国王陛下は『光の契約の書』の時と同じように『闇の契約の書』をめくり、やがて最後まで

見ると閉じて机に戻し、

「やはり報告通り、私では何も見ることができないのだな」

と言った。予想通り国王陛下は契約の書について知っていたらしい。

それから契約の書を見つけた過程や、今の解読の状況などをいくつか質問され、私たちはそれぞれ答えた。そしてある程度、質問が終わると、

「では、契約の書についてはここまでだ」

と声をかけられた。

「はい」

本当に契約の書を見て少し話を聞きたかっただけなのか。意外とあっさりとした終わりに少し拍子抜けしていると、国王陛下が口を開いた。

「では、本題を話させてもらうとしよう」

えっ、契約の書を見るのが本題ではなかったの!?　何かほかに要件があったの？

もしかして私、何かやらかしていて怒られる!?

私は大いに慌てたが、続いた国王陛下の言葉にきょとんとなった。

「闇の魔法のことだ」

闇の魔法のこと？

「君たちはここまでだいぶ闇の魔法と関わり被害にも遭っている。カタリナ・クラエス、君は特にな」

そう言われれば、そうかもしれないけど。それも私自身が悪役なのも関係している気もするな。

「だから本来、王族だけが知り得ていた闇の魔法がなぜ外に漏れてしまったのか、それを君たちには話しておかなければならないと思っていたのだ」

国王陛下はそう言って眉間《みけん》に皺《しわ》を少し寄せた。

そう本来、闇の魔法を使う闇の魔力については王族のみが知る、国でも隠されたものだったのだ。

それがディーク侯爵家に伝わり、ディーク侯爵家の関係者だけではなくそこにいたサラという少女にももたらされ、ディーク家が摘発されるとともに世に出て行った。

それが、私たちが今、知っている闇の魔法が世に出てしまったというすべてだった。それ以外は知らなかった。

国王陛下は静かに口を開いた。

「前国王が後継者を決めることなく突然、亡くなり王宮内が荒れたことは知っているだろう」

「はい」

それは前からなんとなく知っていたし、以前、ジオルドにその争いの中で命を失った者や国外に追放された者もいると聞いていた。

だが、国王陛下の口から語られたのはもっと衝撃的な話だった。

「そこで命を失った者がいることとくらいは聞いたことがあるだろうが、それは王族内で殺し合いが起きたからなのだ」

殺し合いという物騒な単語に、目を見開くと国王陛下は眉間の皺を深くした。

「王宮内で隠し通すよう言い含めているので知っている者は多くはないが、血のつながった者同士で醜い殺し合いが繰り広げられた。ある者は異母兄弟に毒を盛り、苦しみ死に行く姿を笑って眺め、ある者は高所から異母兄弟を突き落とし事故だと言い張った。王宮は日々、血に濡《ぬ》れ狂気に満ち、かつては親しく過ごした異母兄弟たちもいつしか狂気にのまれ、可笑しくなっていった」

空席の王位に大勢の後継者、死者も出るようなもめ事。こうして改めて聞くと私が想像していたよりずっと恐ろしいことだったのだ。

「その争いの中で闇の魔力を持ち出し、争いに用いる者が現れたのだ。混乱の中で誰が始まりとなったのかはわからなかった。今もそれはわかっていない。しかし、そうして持ち出された闇の魔力が争いに関わっていた貴族に漏れ、やがてデューク家に伝わってしまったのだ」

そこまで口にすると国王陛下は席を立ち、

「闇の魔法の流出は私たち王族の責任なのだ。私たち王族がおろかだったせいで、君たちに迷惑をかける形になってしまった。すまなかった」

私たちに頭を下げたのだ。

あまりの事態に私はしばし固まってしまったが、隣のマリアがすっと立ち上がり口を開いた。

「頭を上げてください陛下。陛下が頭を下げられることはありません」

凛《りん》としたマリアを見つめ、国王陛下は少し口の端を上げた。

私もそのように思う。むしろ、そんな争いをやめさせた国王陛下は称賛こそされ、非難されるいわれはなく、謝罪する必要もないと。しかし、

「いや、これは王族として生まれた私がしなければならない謝罪だ。どうか受けてくれ」

王族として生まれた責務。その言葉は私の中にも刺さった。貴族として同じことを言われてきたから。

私はすくりと立ち上がり、

「わかりました。その謝罪をお受けします。ですからお顔をお上げください」

そう告げるとマリアもこくりと頷き、それを確認した国王陛下はようやく顔を上げ、席に座り直してくれた。

「謝罪の受け入れ感謝する」

元の位置に腰を下ろした国王陛下はまずそう言って続けた。

「それから私は闇の魔法をこれ以上好き勝手に使用させないように早く闇の魔法を使っている者たちを捕らえたい。必要な時には君たちの力を借りたいのだが構わないだろうか？」

国王という立場を考えれば『手を貸せ』と私たちに指示すればそれでいいはずなのに、こんな風に問うてくることに私は好感を持った。

「はい。私でできることがあれば」

私は国王陛下の目をまっすぐ見てそう答えた。

「ありがとう」

それまでずっと眉間に皺を寄せていた国王陛下の顔が初めてやわらぎ、その顔には微笑が浮かんでいた。

国王陛下の話は本当に謝罪とこれからの協力のお願いだけだった。

そしてやはり噂《うわさ》通りとても忙しいらしく話を終えると使用人を引き連れ、颯爽《さっそう》と去っていった。

「なんだかすごい体験をしたね」

二人だけになった部屋でマリアにそう告げると、マリアも大きく頷いた。

「そうですね」

なんとなく二人で顔を合わせて苦笑してしまった。

他者には話せないすごい話を聞いてしまったが、国王陛下は思っていたよりもずっと接しやすい人物で、そのあたりの緊張は不要で、なんというか少し気が抜けてしまったのだ。

そうして二人が顔を合わせているところに、再びノックの音が聞こえたので、少し驚いてしまった。

だけど、きっと使用人が帰りの支度ができたと呼びにきたのだと思ったので返事をすると、またも思っていたのと違う人が入ってきた。

それは見慣れた顔だった。

「ジオルド様！　アラン様！」

城には来たけど、おそらく今日は会うことはないだろうと思っていた幼馴染である二人の王子がそろって部屋に入ってきたのだ。

「カタリナ、マリア、今日は城まで来てくれてありがとうございます」

ジオルドがいつものように笑顔でそう声をかけてきたけれど、その笑顔はなんだか暗い感じだ。横にいるアランの表情は、こちらはわかりやすく暗い。

どういうことだろう。何か悪いものでも食べたのかしら?

そんな疑問はすぐに解けることになった。

ジオルドが笑顔を消し、少し顔をこわばらせながら言ってきた。

「今日、国王陛下から君たちに王位継承の際に起きたことを詳しく話すと聞きました」

先ほどの話のことだ。

国王陛下は私たちに話すことを息子たちにも伝えたんだ。そしてジオルドたちも王位継承の際に起きた争いのことを知っているのだ。

ジオルドが少し息を吸ったのがわかった。そして、

「闇の魔法の件、僕たちも王族として謝罪させてください。すみませんでした」

そう言って私たちに頭を下げた。続いてアランも、

「すまなかった」

と同じように頭を下げた。

私は驚いた。正直、ジオルドたちが物心つく前のよく知りもしない王族たちの争いでのこと

をこのように詫《わ》びてくるなんて思わなくて。

これも先ほどの国王陛下と同じ王族の責務というものなのだろう。ならば、私がかける言葉は一つだ。

「その謝罪をお受けします」

私の答えにマリアも「私もです」と同意する。

「感謝いたします」

「感謝する」

ジオルドとアランがそう答える。

二人は普段とは違う王族の顔をしていた。

そして、少し間をおいてジオルドが再び顔をこわばらせ口を開いた。

「それでどう思われましたか？」

なんのことだろうと思っているとアランがその続きを口にする。

「話、聞いたんだろう。ひどいもんだっただろ。俺たちのことも軽蔑《けいべつ》するか？」

アランがはとてもつらそうな顔で私たちにそんな風に問うてきた。

ああ、そうか。ジオルドとアランがこんな顔をしている理由は、自分の親族が起こした醜い争いの内容を私たちが知ったから、それで自分たちがどう思われるのか不安だったからか。

これは前にジオルドのおじいさん、先代国王の話の時にも聞かれたな。あの時も今も私の考えは変わらない。

「前にジオルド様におじい様の話を聞いた時にも言ったのですけど、そもそもその争った王族の方たちとお二人は違う人間です。今回の話を聞いたからといって、私のお二人に対する見方が変わることなんてありえません。それに私はお二人の人柄もよく知っていますから」

私は二人の目をしっかり見ながらそう告げた。

よく知らない今はいない王族と、昔からよく知っている二人のことを重ねることなんてありえない。聞いた話と二人は私の中でまったく別だ。

「私もカタリナ様と同じ意見です。あの話を聞いてお二人に対する見方が変わることはありません」

隣に立つマリアもはっきりとそう言った。

双子の王子の顔に安堵《あんど》が浮かんだ。

「お二人ともありがとうございます」

「……ありがとな」

ジオルドは作り物ではない笑顔で、アランは照れ臭そうにそう告げた。それは先ほど見た王族としての顔ではなく幼馴染のいつもの二人の顔だった。

そして二人は帰りの準備ができたことを告げる役割も担ってくれていたようで、そのまま馬車までエスコートしてもらうことになった。

私はいつものようにジオルドに、マリアはアランにエスコートしてもらう。

先を歩くマリアとアランに、私はそう言えばアランは結局、メアリとはどうなっているんだろうと少し疑問に思った。

本来、攻略対象であったアランだけど結局、学園でマリアと恋に落ちることはなかった。

ならばゲームだとメアリと結ばれ、ラブラブになるはずなのだけど……二人を見ているとどうも違う気がするんだよな。う〜ん。このゲームⅡの期間で今度こそマリアに惹かれることとかもあるのかな。

そんなことをうんうんと考えながら歩いていると、突然ジオルドが、

「カタリナ、持ってきた鞄《かばん》を先ほどの部屋に忘れてきたのではないですか？」

と聞いてきた。

私ははっとなった。そうだ魔法省から持ってきた契約の書とかが入った大事な鞄を先ほどの部屋に忘れてきてしまった。

「そうみたいです」

しょぼんと答えると、アランが「何をやってんだよ」的な顔で見てきた。

いや、なんか緊張が解けてほっとしていたからな。

「仕方ないので一緒に取りに戻りましょうか。アランとマリアは先に馬車へ行っていてください」

ジオルドにそう促され、私はジオルドと共に先ほどの応接室へと戻った。

完全に私のミスなので「一人で取ってきます」と言ったのだが、ジオルドは「いえ、エスコートします」と笑顔でついてきてくれた。

そうして応接室へと戻ると、幸いなことにバッグは置いた場所にそのまま残っていた。契約の書も入っていたので私はほっと安心した。

「ありました鞄、ジオルド様ついてきていただいてありがとうございます」

私が鞄を手にしてそう言うと、ジオルド様は笑って、

「いえいえ。わざとなので気にしないでください」

などと言った。

えっ、わざとって何が？

ポカーンとなる私に、ジオルドが意味深な笑顔を浮かべる。

「本当は部屋を出る時にカタリナが鞄を持っていないことに気付いていたのですが、少しカタリナと二人きりの時間が欲しかったので知らないふりをしたのです」

なんということだ!?　とんだ策士だ。

開いた口が塞《ふさ》がらない私に、ジオルドは続ける。

「ふふふ、それから先ほどの言葉、改めてありがとうございます。王族の醜い争いの話を聞いてもカタリナなら、きっと大丈夫だろうと思ってはいたのですが、あのような言葉を聞けて本当に嬉しいです」

そう言った笑顔は本当に嬉しそうでなんだか毒気を抜かれてしまう。

なんだもう一度、お礼を言いたかっただけか。そう思ったのだが、

「本当に改めて惚れ直しました」

ジオルドはそう言うと流れるように私の腰を掴《つか》んで至近距離で見つめてきた。

「ほぇ!?」

思わず変な声が出てしまったが、ジオルドは気にするそぶりもなくキラキラ王子様スマイルで、

「僕の婚約者は最高です。早く婚姻を結びたいです」

そんなことを言ってきた。

顔に一気に熱が上がっていくのがわかる。

それと同時に先日、お父様に言われたことが頭に浮かんできた。

『もしカタリナがこの先ジオルド王子を本当に愛するようになったとしても、こうして婚姻を延ばしている間に婚約は破棄され、ジオルド王子は別の人と婚姻を結ぶかもしれない。特にジオルド王子には王族という立場もあるからね』

『迷っている間にその人を失ってしまわないようにちゃんと考えるんだよ』

自分の気持ちを考えなくては、でも私は――。

「あの、ジオルド様、私はその」

そうしどろもどろになにか言わなければと口を開くと、ジオルドが、

「怖いですか？」

と口にした。

「えっ？」

驚いてその顔を見つめ返すと、そこにはさきほどの王子様スマイルは浮かんでおらず、どこか切なさそうな表情があった。

「僕にこうして迫られるのが本当は怖いですか？　最初は気付かなかったのですが、こうして迫ると段々とあなたが委縮しているのは恐怖からではないかと思い始めたのです。違いますか？」

私は言葉を失った。『恐怖』という言葉が心の奥底に刺さったからだ。

そんな私の反応にジオルドは、

「その様子では当たりでしたか、君は僕に迫られるのが怖かったのですね。ここまで気が付かずにすみませんでした」

そう言ってまるで泣きそうな顔になった。

そんなジオルドを見て、今度は先ほど会った青年の言葉が脳裏をよぎる。

『愛を請われてもずっと無下にして、相手を傷つけて自覚もないなんて、君は最低だね』

その通りだと思った。このままでは駄目だ。

私は意を決して口を開いた。

「あの、違います。いや、まったく違うわけではなくて、その、ジオルド様に迫られるのが怖いのではなくて……私は……」

私はずっとずっと心の奥底に封じ込めていた思いを初めて言葉にする。

「私は自分が恋愛することが怖いんです」

ジオルドがびっくりしたように目を見開いた。

そりゃあ、そうだろう。突然、こんな訳のわからないことを言われたら驚くだろう。

でも、これが私の中の事実なのだ。

八歳で前世の記憶を取り戻し、やがてここが乙女ゲームの中で自分が悪役令嬢であると気付いた。そしてその先が破滅フラグだらけなことにも。

破滅はカタリナの王子への恋心が原因だった。大好きな王子が他の女（主人公）に惹かれていくのに嫉妬《しっと》して、ひどい嫌がらせをすることで破滅していくのだ。

そのことに気付いた私は思った。カタリナの恋心は破滅を導くのだと。

だからカタリナは決して恋愛をしてはいけない。カタリナは恋愛をすれば狂うかもしれない。そうなれば終わりだ。

その思いはしっかり自覚しないまでも、ずっと私の心の奥にあって、自分は恋愛には関わってはいけないと無意識にそういうことから遠ざかるようにしてきた。

私は、いやカタリナ・クラエスは他の人の恋は応援しても自身は決して恋愛をしない。してはいけないのだ。

そうしてやってきたのに――突然、ジオルドから告白された。

記憶を取り戻す前に、ほのかに憧《あこが》れていた王子様からの告白。

だけど、『カタリナは恋愛をしてはいけない。恋愛すれば破滅する』ずっと心の奥にあったその思いが、ジオルドの思いをしっかり受け止めることを拒絶した。

だからせっかく打ち明けてくれた思いを無意識に頭の隅に追いやったのだ。そして気付けばそのまま忘れてしまっていた。

私は怖かったのだ。恋愛をすることが。

そしてジオルドをこんな風に悲しませてしまった。

あの青年の言った通りだ。私はなんて最低な人間なんだろう。

きちんと自分の気持ちを告げなければ、もう逃げるのはやめにしよう。

初めて目にしたジオルドのまるで泣きそうなほどに傷ついた表情に私はついに決意を固めた。

せっかく思いを打ち明けてくれた人に向き合わなくてはと言葉をつむぐ。

「私はずっと自分が恋愛をすると破滅してしまうのではないかと思っていて」

ジオルドは不思議そうな顔をしたが、それでも黙って聞いてくれた。

「それは今でもそうで、自分が恋愛するということが怖いんです。だからジオルド様の思いにも向き合えなくて頭の隅に追いやってしまっていたんです。本当にごめんなさい」

なんというか乙女ゲームの件を言えないので、抽象的な表現ばかりで自分でもなんだそれはという内容になった気がしないでもなかったがジオルドは、

「話してくれてありがとうカタリナ。僕が怖がられていないとわかって安心しました」

そう言って優しい笑顔を向けてくれたのでほっとした。

「でも、カタリナがこのまま恋愛が怖いままだと困りましたね」

それはその通りだ。

『カタリナの恋愛は破滅につながる怖いものだ』そんな思いをずっと持ちながら、自分の弱い部分を認めたくなくて、見ないふりをしてきた。それもほとんど無意識に。

だからお父様に考えろと言われても、『怖い』が先に立ち、後回しにしてきた。

でも今、ジオルドのお陰でしっかりそのことに気付いたから、私は変わりたいと思った。

「私、今までは怖いという思いを押し込めて見ないふりをしてきたんです。でも、もうそれはやめます。ちゃんと自分の思いと向き合って……それからジオルド様の思いにも向き合えるようにします」

私がそう言うとジオルドはそれはそれは嬉しそうな顔をした。

見ているこっちが恥ずかしくなりそうなほどの。

なんとなくもじもじしてしまったが、そこで私ははっとした。

お父様にも言われた通りちゃんと自分の思いと向き合うと言ったはいいが、私には今、まさに目の前に破滅があることを思い出したのだ。

ゲームⅡで訪れる破滅、もし破滅してしまったら、自分の気持ちに向き合うどころではない。

というか下手《へた》をすれば存在がこの世から消えてしまうのだから。

ただでさえ一つずつしか考えられない人間なのだ。今はまだ恋愛が怖いという気持ちにまっすぐ向き合いきれない。

「あ、あの、ジオルド様、気持ちに向き合うと言ったそばからなんなのですが、今、ちょっと私の中で大変な案件があってそれを乗り越えてからではないと、その真剣に向き合いきれないと言いますか、その」

なんていうかすごく喜んでもらったのに、いきなり前言撤回するみたいで申し訳なかったが、そんな風に告げると、ジオルドは苦笑した。

「ああ、カタリナは魔法省に入ってから、何か落ち着かない感じでしたからね。大丈夫ですよ。これまでずっと待ったのです。あと少しくらい待つのなんてなんでもないですよ。だから困った時はいつでも頼ってくださいね」

そんな風に言ってくれて、私はほっと胸を撫《な》でおろしお礼を言った。

そして魔法省に入ってから落ち着かない様子だったと気付かれていたことに内心、驚いていた。

心の奥に隠して私自身も意識していなかった『恋愛が怖い』という気持ちも少しずれていたけど言い当てられたし、ジオルドは私が思うよりずっと私のことを見ていてくれたようだ。

八歳で出会った頃からずっと傍《そば》にいてくれたジオルド。それになんだかんだいってピンチの時にはいつも助けてもらっている。

ずっと破滅につながると思いこんでいた恋愛については、そのことを自覚してもまだやっぱりまだ怖いままで、よくわからないままだ。

でも、こうして今までを振り返ってもジオルドが私の中でとても大切な人なのは確かだ。

だから気恥ずかしいけど、ジオルドには素直な気持ちを伝えておきたい。

私は精一杯の勇気を振り絞って口を開いた。

「あの、私、恋愛は怖くて、まだそういう気持ちはよくわからないのですけど、でも、ジオルド様に告白されて嬉しかったです。こんな素敵な人に好きだって言われてすごく嬉しかったです」


綺麗で優秀で優しくて頼りになる。

そんな素敵な男性に告白されて嬉しくないわけがないのだ。

そう私は、本当はあの時、ジオルドに告白された時、嬉しかったのだ。

でも恋愛事に関わるのが怖いという思いがまさって、すぐにそんな気持ちも心の奥にしまってしまった。

それを今さらとは思うがなんとか伝えた私は、もう恥ずかしすぎて、言い逃げのようにそのままジオルドを残して応接室を後にした。

恋愛が怖いというのと同時に、この免疫のなさでの異様な恥ずかしさもどうにかしていきたいものだ。

顔が燃えるように熱い。たぶん私の顔は今、真っ赤《まか》になっているだろう。

恥ずかしさから全力疾走して、マリアたちの元へ行ったので、顔の赤さは走ったせいだと思われてそこは良かった。

『ジオルドはどこに行ったんだ』といぶかしげなアランに、私は「御用ができたみたいです」とさらりと嘘《うそ》をついた。

今は恥ずかしすぎてとても顔を見られそうもないので。

結局、私とマリアはそのまま城を後にして魔法省へと戻った。

ジオルドの指摘で改めて気付いた自分の心の奥にあった思い。これを伝えるべき人はもう一人いることを私は思い出していた。

でもちゃんと言えるかしら、私は今日、恥ずかしすぎて高熱を出して寝込みそうな気がする。

★★★★★

僕、ジオルド・スティアートは父である国王オーウェン・スティアートに呼び出された。

そして僕の婚約者であるカタリナ・クラエスと光の魔力保持者マリア・キャンベルに、僕が物心つく前にこの王宮で起こった王族たちによる醜い後継者争いの内容、そこで闇の魔力が使われ流出したことを話し、当時の王族として謝罪をするという話を聞かされた。

闇の魔力流出の経緯を聞かされ、驚き王族として恥ずかしく思ったのはそう前のことではない。それを聞いてカタリナに申し訳ないと感じたのも。

僕は国王としての父を尊敬していたし、その潔く公平であろうとする姿勢に敬意も持っており、今回のことも王子としては素晴らしいことだと思う。

ただ王子としてではないジオルド・スティアート、個人としてはとても複雑だった。

それは身内である王族の過ちや恥を知られることで、カタリナに軽蔑されたり複雑な視線を向けられるのではないかという思いからだ。

以前、カタリナに、前国王のこと当時の争いで死人が出たことを少し話したことがある。その時も軽蔑されるかもしれないと恐れたが、カタリナはまっすぐな瞳で、『前国王とジオルド様は違う人間です。前国王のことで私がジオルド様を見る目が変わることはありません』というようなことを言ってくれた。

とても嬉しかった。だから今回のこともきっと大丈夫だ。そう思いたい。

それでもあの醜い殺し合いのことを聞いても同じように言ってくれるだろうか。自分ならばそのような争いを起こした者たちの身内をまったく色眼鏡《いろめがね》なしで見ることができるのだろうか、そう考えれば自然と顔はこわばっていった。

国王が話をしていると思われる時間がひどく長いものに感じた。

そしてようやく国王が退出したと聞きつけ、すぐさま、同じように部屋で待機していた弟のアランと共にカタリナたちの元へと向かった。

ドアをノックする時ですら、緊張しこんな経験は初めてだなと思った。中から聞き慣れた声が聞こえ、ドアを開ける。

部屋に入るとカタリナとマリアが顔を寄せ合い何やら話をしていた。入ってきたのが僕たちだとはすぐに気付かなかったようで、僕らの顔を見て、

「ジオルド様！　アラン様！」

と声をあげ驚いた顔をした。

僕は用意していた言葉を二人にかけ、いつもの笑顔を作る。

そして、まず王族としてしなければならないことをする。

それは王族として身内間の醜い争いの結果、闇の魔法を流出させた謝罪だ。国王だけに謝罪させて終わりではすまないことだ。

それは双子の弟であるアランも同じ思いだった。

アランと共に頭を下げると、凛とした声が返ってきた。

「その謝罪をお受けします」

こんな場であるというのに、内心、毅然《きぜん》とした様子のカタリナを素敵だと感じてしまう自分はかなりまずいと感じつつ、アランと共に感謝を述べる。

そしてここからはジオルド・スティアート個人の質問をさせてもらうべく口を開いた。

「それでどう思われましたか?」

僕の言葉にアランが続ける。

「話、聞いたんだろう。ひどいもんだっただろ。俺たちのことも軽蔑するか?」

部屋に一瞬沈黙が落ちる。カタリナの顔が見られない。

「前にジオルド様におじい様の話を聞いた時にも言ったのですけど、そもそもその争った王族の方たちとお二人は違う人間です。今回の話を聞いたからといって、私のお二人に対する見方が変わることなんてありえません。それに私はお二人の人柄もよく知っていますから」

返ってきたのは以前と同じような言葉で、こちらをまっすぐ見てくる目には嘘も、心配していた軽蔑の色もまったく見えない。

ああ、カタリナはやっぱり思った通りの女性だった。

「私もカタリナ様と同じ意見です。あの話を聞いてお二人に対する見方が変わることはありません」

カタリナの隣にいたマリアもそう口にしてくれ、改めてほっと胸を撫でおろした。

二人にお礼を言い、帰りの馬車の準備ができていることを告げる。

久しぶりにカタリナをエスコートする時に、カタリナが持ってきた鞄を忘れていることに気が付いた。

初めは教えて自分が手に取ろうとしたが、ふと思い立ってやめた。

上手くいけばカタリナと二人きりになるチャンスを掴めると思ったからだ。

そして僕の考えは上手くいき、カタリナと二人きりになる機会を作ることに成功した。

「ありました鞄、ジオルド様ついてきていただいてありがとうございます」

鞄を手に無邪気に振り返ったカタリナに、僕が笑顔で、

「いえいえ。わざとなので気にしないでください」

と告げると、とても驚いた顔をした。

純粋なカタリナには考えも及ばなかったことなのだろう。

「本当は部屋を出る時にカタリナが鞄を持っていないことに気付いていたのですが、少しカタ

リナと二人きりの時間が欲しかったので知らないふりをしたのです」

笑顔で言えば、カタリナは口を開けたまま固まっている。そんな顔も可愛らしい。

「ふふふ、それから先ほどの言葉、改めてありがとうございます。王族の醜い争いの話を聞いてもカタリナなら、きっと大丈夫だろうと思ってはいたのですが、あのような言葉を聞けて本当に嬉しいです」

その言葉にカタリナの開いた口が閉じて、気の抜けた顔になる。

僕が二人きりになりたかったのは謝罪したかっただけとでも思ったのだろうか。そう思われては困るので僕はこう続けた。

「本当に改めて惚れ直しました」

そう言ってカタリナの腰を取ると至近距離でその水色の瞳を見つめる。

「僕の婚約者は最高です。早く婚姻を結びたいです」

目の前のカタリナの顔が真っ赤に染まっていく。

意味はちゃんと通じたようで一安心だ。しかし、

「あの、ジオルド様、私はその」

しどろもどろになるカタリナから感じるその気配に僕は悲しくなった。そして気になっていたことをついに口にした。

「怖いですか?」

そう言うとカタリナは「えっ」と驚いた顔をした。

「僕にこうして迫られるのが本当は怖いですか？　最初は気付かなかったのですが、こうして迫ると段々とあなたが委縮しているのは恐怖からではないかと思い始めたのです。違いますか？」

カタリナは僕が告白してから迫ると固まることがよくあった。

それは意識してくれるようになったからだと初めは嬉しく思っていたのだが、最近、その固まる委縮に恐怖という感情が出ているように感じるようになった。

この世で一番好きな人に怖がられるという現実が受け入れられず、ずっと気付かないふりをしていたが、それでは駄目だと今日、改めて思ったのだ。

当たり前のように、親族のひどい話を聞いても僕を色眼鏡で見たりせずまっすぐ受け止めてくれるカタリナ、そんな彼女の思いを僕もしっかり受け止めたい。

それがたとえ僕にとってはつらすぎるものだとしてもそう思えたのだ。だからついに目をそらし続けてきたことに向き合い尋ねたのだ。

自分で口にして自分で傷ついた。

そして言葉を失うカタリナの様子に、それが的外れな質問でなかったことを知り、胸が切り裂かれるような思いがした。

なんだか情けなくも泣いてしまいそうになりながら、

「その様子では当たりでしたか、君は僕に迫られるのが怖かったのですね。ここまで気が付かずにすみませんでした」

そう言うと、カタリナがはっとした様子で口を開いた。

「あの、違います。いや、まったく違うわけではなくて、その、ジオルド様に迫られるのが怖いのではなくて……私は……」

カタリナはそこで少し考え込み、

「私は自分が恋愛することが怖いんです」

そう口にした。

まったく予想していなかった答えで僕はひどく驚いた。

恋愛することが怖い？

そもそもカタリナはあまり怖いという姿を見せることがない。

いつも元気で明るい姿を見せ、まるで怖いものなどないように振る舞っている。そして恋愛ロマンス小説を読んで楽しそうにしていた。

そのため、恋愛事に鈍感で義弟と同じく奥手なだけだと思っていたのだが、それだけではなかったようだ。

カタリナが硬い顔で続ける。

「私はずっと自分が恋愛をすると破滅してしまうのではないかと思っていて」

『恋愛すると破滅する』とは一体どういう思考でそのような考えになったのか不思議だが、カタリナの真剣な顔に黙って話の続きを待つ。

「それは今でもそうで、自分が恋愛するということが怖いんです。だからジオルド様の思いにも向き合えなくて頭の隅に追いやってしまっていたんです。本当にごめんなさい」

カタリナはそう言うと頭を下げてきた。

正直、なぜそのような考えになったのかなど気になる点は多々あったが、それでも僕は大きく胸を撫でおろすことができた。

「話してくれてありがとうカタリナ。僕が怖がられていないとわかって安心しました」

自分が怖がられているのではないかと絶望的な気持ちになったが、そうではないとわかっただけでも大いに救われた。だが、

「でも、カタリナがこのまま恋愛が怖いままだと困りましたね」

自分に恐怖しているわけではなかったのはよかったが、このまま恋愛が怖いままのカタリナに無理やり迫ることはできない。

カタリナのことが本当に大切だからこそ無駄に怖がらせたりはしたくないのだ。

どうしたものだろうかと考えようとすると、カタリナが口を開いた。

「私、今までは怖いという思いを押し込めて見ないふりをしてきたんです。でも、もうそれはやめます。ちゃんと自分の思いと向き合って……それからジオルド様の思いにも向き合えるようにします」

それは本当に嬉しい言葉だった。顔が自然と綻《ほころ》んでいく。

婚約者ではあるのに、幼い頃からの長い長い片思いだった。

ずっと思いを伝え続けてきたのに伝わらず、ようやく伝わったと思ったら忘れられ、長い

日々だった。

それがついに向き合って考えると言ってもらえたのだ。こんなに嬉しいことはない。

長い片思いがようやく少しだけ報われた思いだった。

そんな風に考え、感動すら覚えていると、カタリナがおずおずと再び口を開いた。

「あ、あの、ジオルド様、気持ちに向き合うと言ったそばからなんなのですが、今、ちょっと私の中で大変な案件があってそれを乗り越えてからではないと、その真剣に向き合いきれないと言いますか、その」

その言葉に僕は魔法省に入ってカタリナの様子が変わったことを思い出した。

どこか落ち着かない様子、それは魔法学園入学の際にも見られたものだった。

カタリナには、僕らに話していない何か秘密のようなものがあることにはとっくに気が付いていた。

しかし、カタリナから話さないことなので気付かないふりで、ただ彼女が落ち着けるよう何かあったら手助けできるようにと常に準備してきた。

今回、そのことも初めて話してくれたことが嬉しかった。

「ああ、カタリナは魔法省に入ってから、何か落ち着かない感じでしたからね。大丈夫ですよ。これまでずっと待ったのです。あと少しくらい待つのなんてなんでもないですよ。だから困った時はいつでも頼ってくださいね」

僕がそう言って微笑むとカタリナは安心した様子でお礼を言ってきた。

ここまで待ったのだ。本当にあと少しくらいなんでもない。

色々とカタリナの本音が聞けてとても幸せだった。

ほくほくした胸の温まる気持ちでいると、カタリナがやや険しい顔をした。

どうしたのだろうかと聞こうとすると、カタリナが先に口を開く。

「あの、私、恋愛は怖くて、まだそういう気持ちはよくわからないのですけど、でも、ジオルド様に告白されて嬉しかったです。こんな素敵な人に好きだって言われてすごく嬉しかったです」

カタリナは真っ赤な顔でそう言うと、そのまま走って応接室を出て行ってしまった。

一人ぽつんと取り残された僕は――まったく動けずにいた。

頭の中でカタリナの言葉が何度も繰り返された。

告白して、アプローチしては固まられていた。

奥手な彼女に僕のアプローチはあまり好ましいものではなく、もしかして迷惑と感じているかもしれないと思う日もあった。

僕の告白は彼女にとっては『驚くべきことではあるが、嬉しいと言えるものではないのだ』と認識していた。それが、

「……素敵な人に好きだって言われてすごく嬉しかった」

先ほどの言葉が僕の妄想でなかったと確認するように一人そう呟くと、身体中がぐっと熱くなった。

おそらく今の僕の顔は湯気が出そうなくらいに赤いだろう。

ずっと好きだった。僕の灰色の世界を変えてくれた特別な女の子。大きくなってもそれは変わらなくて、彼女といると知らなかった感情をどんどんと覚えていく。

今日、僕はあまりにも嬉しすぎると自分が動けなくなることを初めて知った。

★★★★★

なかなか顔の赤みが引かない私を心配してくれるマリアに『大丈夫』と繰り返しているうちに、馬車は魔法省へと到着した。すでに就業時間も終わる頃だった。

サイラスとラーナが出迎えてくれ、『話を聞かせて欲しい』と言われたので、契約の書を見せ、必要時は力を貸して欲しいと言われたことを話した。

『王族の争い、それによって闇の魔力が流出した』ということは話さなかった。

ラーナたちならばあるいはすでに知っているのかもしれないが、その話は二人の心の中に留めておこうとマリアと決めたのだ。

ラーナたちに少し話をすると、就業終了の時間となった。

私はマリアたちと別れ、いつも通りクラエス家の馬車が待つ門へと向かうことにする。

一人で行くつもりだったが同期の同僚ソラがいつも通りに送りに来てくれた。

ソラ曰く『日々の習慣だからなんとなく』とのことだったが、実に律儀だ。

そんなソラと並んで門を目指しながら、私は先ほどのジオルドとのことを思い出す。

思い出すだけで恥ずかしくなりまた顔が赤くなりそうだ。

本当に私は恋愛事に免疫がなさすぎる。

前世でも、高校生になっても初恋もまだだったものな。もう少し長生きできれば恋をしたりもあったかもしれないけど結局知らないまま。今世では恋愛が怖くなって、無意識に逃げてきた。ロマンス小説の知識くらいしかないんだよね。

前世もそうだったけど、今世の友人たちも恋愛話とかしてこなかったからな。というか女子チームは皆興味なさげだしな。

そういうのに詳しそうな知り合いが見当たらないと考えて、私ははっと横に並ぶ同僚を見た。

他国を渡り歩き酸いも甘いも知り尽くしたソラなら、恋愛の一つや二ついや何十と経験しているのではないかと。

「ソラ、ソラって今まで恋人は何人くらいいた？」

私が突然、発した問いにソラは目を見開いた。

「いや、今度は、突然に何なんだ」

ソラが怪訝《けげん》な顔をした。

あっ、このやり取り、鍵開けの件で今朝《けさ》もしたなと思いながら、

「色々と思うところがあって恋愛を学ぼうと思って。でも私の周りに今まで恋人がいたとかいう人がいなくて、ソラなら今まで恋人がいたことあるよね？」

再びそう尋ねる。

「恋愛を学ぶってなんだそれは」

ソラはそんな風にブツブツと言っていたけど深く息を吐くと、

「それなりにいたことはある」

と返してくれた。

「やっぱり、ソラならあると思った！　ソラほどの魅力的な人を世の中の女性が放っておくはずないものね」

そりゃあ、恋人の一人や二人や三人くらいいて当たり前よね。

「……魅力的な人」

小さな声で何か呟いているソラに私は、

「それで、どんな風に恋人になるの。やはり出会いは運命的なものなの？」

ワクワクしながらソラを見てそう尋ねる。ロマンス小説で結ばれるカップルはいつも劇的な出会いをはたしているものだ。

そんな私を見てソラがなんとも言えない顔になり、

「いや、そんなもんねぇよ。なんとなく付き合って、都合が悪くなったらさよならするだけだ」

と夢も希望もないことを返してきた。

「えっ、なにそれ!? 愛し合って付き合うんじゃないの？ 別れるのは大きな障害に阻まれて泣く泣く別れるんじゃないの？」

「……お前、本当にロマンス小説の知識しかないんだな。現実にそんなことあるわけないだろう」

ソラがなんだか可哀相《かわいそう》なものを見るような目を向けてきた。

嘘でしょう。ロマンス小説のような出来事は現実にはないの？ いや、大げさに書かれているとはわかっていたけど、そんなに可哀相な目を向けられるくらいにないことなの。

「で、でも、好きになって付き合うんでしょう？ 別れる時はつらいでしょう？」

「……いや、とりあえず好みと気が合えば少し付き合って、自然と離れてとかだな」

私はソラの恋人の定義にガーンとなった。

そのくらいなの恋人って、恋人ってもっと神聖なものではないのか。

落ち込む私を哀れに思ったのか、ソラが、

「まぁ、俺の今までの環境的にそういうのばっかだったけど、そうでない、それこそあんたの読む小説に近い恋人同士もいるかもしれないけどな」

と言ってきた。

そう言われればソラはここに来るまで裏社会を生きてきたのだ。ソラの恋愛はまた色々と特殊なのかもしれない。

「それじゃあ、ソラは本当に好きになって付き合った人はいなかったの？」

そう尋ねるとじっとこちらを見返された。

これはイエスなの、それともノー？　よくわからず見返しているとソラはまた大きく息を吐いた。

「……そういうのわかんなかったんだよな。今までは」

「そういうの？」

「好きとかそういうのだよ」

ソラはなげやりな感じで言った。

えっ、何、ソラも実は恋愛経験なしなの？

ゲームだとチャラ男だったキースと同じく女の子をとっかえひっかえして遊んでいたけど、実は本当の恋は知らないというパターンなのか！

「それじゃあ、ソラも私と同じ『恋愛わからない同盟』なのね」

仲間だとはしゃぐ私にソラがさくりと、

「なんだその同盟は、人を勝手に変なものにいれるな。それから今まではって言っただろ。今はもうわかるようになったよ」

と返してきた。

今まではわからなくて、わかるようになったということは恋をしたということ⁉

ソラってそんなにマリアには惹かれていない気がしていたけど、とっくに恋に落ちていたというの！

「……ソラ、いつの間にかマリアに惹かれていたのね。気付かなかった！」

「いや、なんでここでキャンベルさんが出てくるんだよ？」

ソラはいぶかしげな顔になった。

それはゲームⅡの攻略対象だからてっきりマリアに恋したのだと思ったのだけど。

「えっ、違うの？　じゃあ、誰に？」

きょとんとして尋ねると、ソラはじっと私の顔を見て、おでこをパチンと指で弾《はじ》いた。

「な、なにするのよ！」

ジーンとおでこが痛くなって怒ったが、ソラはそっぽを向いた。そして、

「それで恋愛がわからないあんたは恋愛を学んでどうしようっていうんだ？」

そんなことを言ってきた。

「そりゃあ、学んで、私もいつかは恋愛ができるようになろうと――」

と言いかけた私にソラがかぶせるように言ってきた。

「人からいくら恋愛を学んでも、自分が恋愛ができるようになんてならないだろう」

「えっ、そうなの？」

学べばできるようになるのではないのか？

「恋愛経験ありの先輩からアドバイスしてやるよ。恋愛は学んでするもんじゃない。気付いたら落ちていて、抜けられなくなってる、そんなもんだよ」

その素敵すぎるアドバイスに思わず、

「先輩！」

と叫んで駆け寄って抱き着こうとしたが、そこは頭を手で掴まれガードされた。

手の隙間《すきま》から見えたソラの顔が赤く見えたので、もしかしたらかっこいい台詞《セリフ》を言って恥ずかしくなったのかもしれない……というかなったのだろう。本日の私のように。

その後、さっさと門に連れていかれポイッと馬車に詰め込まれ、帰宅の途につかされた。

馬車の中で私はソラの言った「恋愛とは学ぶものではなく、落ちるもの」的な言葉を思い出し、前世の歌であったようなフレーズだなと思いつつ、その通りなのかもしれないとも思った。

いくら学んでもわかるようになるものではないのかも。

『気付いた時には落ちている』か、私にもそんな日はくるのだろうか。それはいつになるのだろう。今の私では想像もつかない。

でもとりあえず今日、ジオルドの気持ちに向き合うと決め、本人にも伝えた。

ならば、もう一人、気持ちを打ち明けてくれたキースにも同じように伝えたい。

引き延ばせば延ばすほど恥ずかしくてできなくなりそうなので、今日、帰ったら言おうと決めている。

うう、考えるだけで恥ずかしくて沸騰しそうだけど、頑張ろう！　私は馬車の中で一人決意した。

★★★★★

俺、ソラは寮までの帰り道、なかなか引かない熱にうんざりしてがりがりと頭をかいた。

これもそれもあの鈍感アホ女、カタリナ・クラエスのせいだ。

突然、『恋愛を学ぼうと思って』などと言い出し、わけのわからないことを聞いてきた。

ロマンス小説以外での恋愛ネタなど振ってきたこともないような奥手鈍感女であるカタリナのそんな予想外すぎる質問に、驚きすぎて思わずごまかすことなく普通に返答してしまったではないか。

しかも『恋愛は学んでするもんじゃない。気付いたら落ちていて、抜けられなくなってるもんだ』とかこっぱずかしい台詞まで口にしてしまうしで、もう最悪だ。穴があったら入りたい。

俺は元々、こんな人間じゃなかった。

これまではもっと要領よく適当に何でも上手くやってこられたのに、あの女に出会ってから調子が狂いすぎている。

自分のペースが崩されて、完全にカタリナのペースにのまれてしまっている。

馬鹿《ばか》みたいな素直さやお人好《ひとよ》しも伝染してきている気がする。

そもそも、俺にこんなに一人の女を思う日がくるとは思ってもいなかった。

裏社会で生きてきて、それなりの女と関係を持ってきて、恋愛ごっこを楽しんできた時期もあったというのに……こんな風に、ちょっと魅力的だと言われただけで舞い上がるような気持ちになったり、水色の瞳に見つめられるだけで胸が高鳴ったり、まるで女も知らないガキのようになってしまう。

本当にどうしてこんなになってしまったのか、自分で自分に呆れてしまう。

それでいてこんなのも悪くないかと思えるのだから、もう末期かもしれない。

★★★★★

馬車がクラエス家へと到着した。

いつもなら、あとはご飯を食べて、ぐっすり寝るだけと気楽なものだが、今日はしなければならないことがある。

私は馬車から降りるとフンっと気合を入れた。

玄関から入り、自分の部屋までの通路を歩いていると、目の前からキースが歩いてきた。

「お帰り義姉《ねえ》さん……というかどうしたの？　変な顔になっているけど」

いつものように出迎えてくれたキースは、私の緊張し硬くなった表情を見て心配そうな顔をした。

「えっと、その何でもないのよ。気にしないで。それより食事の後、少し話があるの、部屋に行ってもいい？」

私がなんとかそれだけ言うと、キースは、

「いいよ。いつでも大丈夫だから」

そう言って微笑んだ。

おそらくいつもの愚痴とかだと思われているのだろう。キースにはお世話になっているからな。

でも今から話の内容を知られたら、それはそれで食事の席で顔を合わせるのが恥ずかしくなりそうなので、その方が私的には助かる。

とりあえずそんな風にキースとの約束を取り付け、私は自室で支度をして食事へと臨んだ。

正直、この後のことを考えるとなんだか緊張していつもほどもりもりと食べられなかった。

それがまたキースを心配させてしまったみたいでかえって申し訳なかった。

そうして食事が終わり私はキースの部屋を訪れた。

「それで何があったの？」

キースが完全に愚痴を聞いてくれるモードでそのように切り出してきた。なんていうか本当に頼りになる優しい義弟《おとうと》だ。

つらい時にはいつも元気が出るまで一緒にいてくれて、失敗もいったいどれだけフォローしてもらったことか。

よく考えればいや考えなくても、もう足を向けて寝られないほどお世話になっている。

ジオルドもそうだけど、キースも綺麗で優秀で優しい本当に素晴らしい男性だ。

こんな素敵な人たちが自分を好きだと言ってくれたことが不思議でたまらない。

ずっと一緒にいた二人が冗談で告白してくるなんてことはありえないことを知っているから、二人の気持ちを疑うわけではないけれど、なぜ私なのだろうとすごく疑問に思ってしまう。

自虐でもなんでもなく、私は特に面白みのない普通の人だと思っている。

特に優秀でもなくすごく可愛いわけでもなく、すごいのは家柄くらい（これはゲームのカタリナと一緒だ）。ゲームのカタリナと違うのはすごく友人たちに恵まれているところくらいだ。

そんな私の周りには優秀で可憐《かれん》な美女たちが主人公マリアを筆頭にたくさんいる。

そんな美女たちとも交流のあるジオルドやキースが、美女たちでなく、なぜ私を好きになってくれたのか。

もしかしたら、美女を見慣れすぎてちょっと特別な嗜好《しこう》になったとかかしら？

それともつり目の悪役顔が好みなのかしら？

そんなことを考えていたら、ぼーっとしてしまっていたようで、

「義姉さん、どうしたの大丈夫？」

とまたキースに心配そうな顔をさせてしまった。

ああ、違う今日はもう心配させたいんじゃなくて、ちゃんと伝えたいと思ってきたというのに。

私は勇気を振り絞り口を開く。

「あ、あのね。キース、前に私に告白してくれたでしょう」

そう言うと、キースは目を見開き、

「覚えていたの!?」

と驚きの声をあげた。

その顔と声になんだか申し訳ない気持ちになった。

完全に忘れていると思われていた。いや、正確には今日の今日まで忘れていた。無意識に記憶を追いやって過ごしてしまっていた。

私は自分を立て直すために息を吐くと、

「その、覚えてはいたんだけど、記憶の隅に追いやっていたの」

そう告げた。するとキースの顔が固まり、

「やっぱり僕の気持ちは迷惑だった？」

悲しそうにそう告げられた。

すごく傷ついた表情のキースに私は慌てた。

またこんな顔をさせてしまった。そうじゃないのに。

「違うの！　キースの気持ちが迷惑だなんて少しも思ったことないわ。ただ、私は恋愛することが怖くて、無意識に遠ざけていたの」

私が叫ぶようにそう言うと、キースは、今度は目を丸くした。

「恋愛が怖い？」

「そう、その私、今まで私が恋愛をすると破滅がくるって思い込んでいて、だから恋愛することが怖かったの」

私の発言にキースはやはり不思議そうな顔をしたけど、黙って続きを聞いてくれた。

「自分が恋愛するのが怖くて、でもその怖いという思いも受け入れてなくて、恋愛事に近づかないようにしてた。だからキースの思いを聞いた時も、無意識に忘れようとしていたの。せっかく気持ちを打ち明けてくれたのに、ごめんなさい」

私がそう言って頭を下げると、キースはゆっくり優しくその頭を撫でてくれた。そして、

「話してくれてありがとう。それから、そういうことに気付いてあげられなくてごめんね」

そんな風に言ってきた。

私はばっと顔を上げた。

キースは切なそうな顔でぎこちなく微笑んでいた。またやってしまった。そんな顔をさせたいんじゃないのに、私は本当に駄目だ。

「違うの！　恋愛が怖いってことには自分でもちゃんと気付いてなくて、今日、ようやく自覚したの。それで気が付いたからには変わりたいと思ったの」

私はキースの目をまっすぐに見つめて告げる。

「私、自分の恋愛が怖いっていう気持ちにちゃんと向き合って、それからキースの思いにも向き合うから」

「……義姉さん」

キースの顔に笑顔が浮かんでほっとなる。

だけど、威勢のいい啖呵《たんか》を切っておいてあれだけど、付け加えなくてはならない事柄があったことを思い出した。

「ただ、その今、ちょっと私の中で重大な案件があるので、それが終わってから本腰入れてということになるんだけど」

そう言うと、キースはくすくすと笑った。

「うん。わかった。ありがとう。それから、重大な案件で困ったらちゃんと僕を頼ってね」

「あっ、うん。いつも通り頼りにしています」

そう答えると、キースはとても嬉しそうに笑った。

ああ、いつものキースだ。キースはいつもこうして笑って私の傍にいてくれる。

そうだ。もう一つ伝えなければならないことがあった。

「キース、私ね。恋愛は怖くてまだそういう気持ちはよくわからないけど、でも、キースに告白された時、嬉しかったよ。こんなに素敵な人に好きって言われて本当に嬉しかったの」

そう口にすると見る見るうちに顔に熱があがってくるのがわかった。

「じゃ、じゃあ、話はそれだけなので、お休みなさい」

私は異様に恥ずかしくなって、ジオルドに告げた時と同じように言うだけ言って、返事も聞かぬまま部屋を飛び出した。

そして自室まで全力疾走した。

自室に帰っても顔に上った熱はなかなか収まらず、今度はアンに心配をかけてしまった。

「大丈夫、全力疾走して熱くなっただけだから」

とごまかす私にアンは冷静に、

「カタリナ様、お屋敷で全力疾走などすると、また奥様に怒られますね」

と言ってきた。

「……そうね。気を付けるわ」

確かにお母様に見つかったらまた怒られていたわ。見つからなくてよかった。

水を飲んで、しばらくしてようやく顔の熱さが引いたのでベッドへと入る。

はぁ、もう恥ずかしすぎて顔から湯気が出るかと思った。

『告白が嬉しかった』と伝えるだけでこんなになるなんて、まだまだ恋愛への道は遠い気がする。

でも、決めたから、もう二人にあんな顔をさせないためにちゃんと気持ちに向き合おう。

だからこそまずは破滅を乗り越えなきゃ！　あんな宣言しておいて、そのままフェードアウトなんて駄目だ。

ゲームⅡの破滅に勝つ。そして私はちゃんと考えるんだ。もう逃げない。

決意を新たに、もう少し破滅対策を考えようと思ったけど、未《いま》だかつてない行動や発言をしたせいでなんだかヘトヘトですぐに夢の中に落ちていった。

夢の中ではジオルドとキースが優しく微笑んでいてくれて私は幸せな気持ちになった。

私、頑張るからね。

★★★★★

僕、キース・クラエスは義姉であるカタリナの帰宅を聞いて、顔を見て「お帰り」を告げるべく部屋を出た。

しばらく歩いたところで帰宅したカタリナを発見したが、その顔はいつもと違い硬い表情だった。

「お帰り義姉さん……というかどうしたの？　変な顔になっているけど」

心配でそう尋ねると、カタリナは、

「えっと、その何でもないのよ。気にしないで。それより食事の後、少し話があるの、部屋に行ってもいい？」

どこか硬い声でそんな風に返してきた。おそらくまた何か気がかりなことができて相談したいのだろう。

僕は「いいよ。いつでも大丈夫だから」と笑顔を作った。

食事の時もカタリナは優れない様子だった。だいぶ困った事態にでもなったのだろう。しっかり聞いて、いつものように元気づけよう。

食事が終わると、カタリナが硬い顔でやってきたので僕は、

「それで何があったの？」

と切り出した。

机にはカタリナを元気づけるためのお菓子やお茶を用意したけど、カタリナの目には入っていないみたいだ。

こんなことは珍しい。本当に重大な悩みなのだろうか。

心配になりその様子を見守るが、今度は何やらぼーっとしている。本当に大丈夫だろうか。

「義姉さん、どうしたの大丈夫？」

カタリナの近くによりそう問うと、カタリナがはっとして僕を見た。

そして口を開いた。

「あ、あのね。キース、前に私に告白してくれたでしょう」

発せられた言葉に、僕は目を見開き、
驚きの声を発していた。

「覚えていたの!?」

僕は以前、闇魔法関係者に攫《さら》われた際、意識朦朧《もうろう》としてカタリナに長年の気持ちを告白していた。

その後『朦朧として言う相手を間違えたのだろう』というカタリナに『間違えていないカタリナが好きなんだ』と告げた。

しかし、鈍いからか奥手だからか、カタリナはすっかりそのことを忘れてしまっていた。

だから、もう覚えていないんだろうと思っていたのに。

ただただ驚く僕に、カタリナが続けた。

「その、覚えてはいたんだけど、記憶の隅に追いやっていたの」

そうか、記憶の隅に追いやっていたのか。つまり僕の気持ちは……。

「やっぱり僕の気持ちは迷惑だった？」

ずっと義弟として暮らしてきて、まったく男として意識されていないことには気付いていたけど……どうしても伝えたくなってしまった。迷惑かもしれないとは思いながらも。

それでもこうして事実を突きつけられるとひどく胸が痛かった。

そんな僕にカタリナがはっとして、

「違うの！　キースの気持ちが迷惑だなんて少しも思ったことないわ。ただ、私は恋愛することが怖くて、無意識に遠ざけていたの」

叫ぶようにそう言った。

「恋愛が怖い？」

また予測していない答えに驚く。どういうこと？

「そう、その私、今まで私が恋愛をすると破滅がくるって思い込んでいて、だから恋愛することが怖かったの」

　カタリナが一生懸命にそう説明する。

『恋愛すると破滅がくる』？　よくわからない考えだったけど、そういうことは今までもよくあったので、僕は黙って話の続きを聞いた。

「自分が恋愛するのが怖くて、でもその怖いという思いも受け入れてなくて、恋愛事に近づかないようにしてた。だからキースの思いを聞いた時も、無意識に忘れようとしていたの。せっかく気持ちを打ち明けてくれたのに、ごめんなさい」

　カタリナはそう言って頭を下げた。

　ああ、カタリナはそんな風に思っていたんだ。少しも気付いてあげられなかった。

　怖いものなんて何にもないみたいに笑っているから、つい見逃してしまった。ずっと傍にいたのに。

　僕はゆっくりカタリナの頭を撫でた。

「話してくれてありがとう。それからそういうことに気付いてあげられなくてごめんね」

　そう告げると、カタリナはばっと顔を上げた。

　僕はそんな彼女に笑ったつもりだけど、上手くできただろうか。

「違うの！　恋愛が怖いってことには自分でもちゃんと気付いてなくて、今日、ようやく自覚したの。それで気が付いたからには変わりたいと思ったの」

　カタリナはそう言うと僕の目をまっすぐに見つめて言った。

「私、自分の恋愛が怖いっていう気持ちにちゃんと向き合って、それからキースの思いにも向き合うから」

ああ、この人はどこまでもまっすぐで、決して僕がずっと守ってあげなくてはいけないような弱い人ではない。

胸の痛みはなくなり、今度はなんとも言えない温かさで満ちてきた。

僕は改めて、カタリナ・クラエスという女性に惚れ直した。

しかし、そんな彼女は、

「ただ、その今、ちょっと私の中で重大な案件があるので、それが終わってから本腰入れてということになるんだけど」

どこか気まずそうにそう告げた。

それは魔法省に入ってからできた心配事のことだろう。カタリナは二つのことを同時にこなすのが苦手だからな。

生真面目にそんなことまで告げてくるカタリナに、僕は笑いが漏れてしまう。

「うん。わかった。ありがとう。それから、重大な案件で困ったらちゃんと僕を頼ってね」

そう言うと、カタリナは嬉しそうに返してきた。

「あっ、うん。いつも通り頼りにしています」

当たり前のようにそう返されて、自然と笑みが浮かんできた。

そしてじわじわと先ほどの『キースの思いにも向き合う』という言葉が効いてきた。

長い長い片思いだった。

全然、意識されることなく同じ家で過ごし、なんとか気持ちを伝えてもすぐ忘れられてしまった。

それが、ついにこんな風に言ってもらえる日がくるなんて、と感動していると、カタリナが、もっとすごい爆弾を落としてきた。

「キース、私ね。恋愛は怖くてまだそういう気持ちはよくわからないけど、でも、キースに告白された時、嬉しかったよ。こんなに素敵な人に好きって言われて本当に嬉しかったの」

カタリナは真っ赤な顔でそう口にすると、

「じゃ、じゃあ、話はそれだけなので、お休みなさい」

と言い残し、逃げるように部屋を出て行った。

残された僕は脳が今の言葉をすぐに処理できずに固まってしまった。

今、カタリナはなんと言ったのだ。ええと、『キースに告白されて嬉しかった。こんな素敵な人に好きと言われて本当に嬉しかった』だっけ。

あれ、これって現実かな。試しに頬《ほお》をつねってみたが痛みがあった。

いや、でもこんなことが現実に起こるわけがないと、もう一度、反対の頬をつねってみたが、やはり痛い。

ようやくこれが現実だと受け入れていいのではないかと思い始めた。

そして再びあの言葉が脳内で繰り返される。『キースに告白されて嬉しかった。こんな素敵な人に好きと言われて本当に嬉しかった』。

「うわ～～～～～～～～～!?」

僕は思わず絶叫して、驚いた部屋の外にいた使用人に、

「キース様、大丈夫ですか?」

と声をかけられ、慌てて自分で口を塞いだ。

「いや、その、大丈夫です……そのもう寝るので、そっとしておいてください」

なんとかそう絞り出し使用人に部屋に戻ってもらうと、僕はそのままベッドに飛び込み顔を枕《まくら》に押し付けなんとか落ち着こうとしてみたが、上手くいかない。

子どもの頃にもしたことがなかったのに、ベッドの上でバタバタと悶《もだ》え転がる。

どうしよう。嬉しすぎて、感情が爆発しそう。

素敵な人。嬉しかった。告げられた言葉とそして真っ赤になったカタリナの顔。

何度も何度も思い出し、僕はほぼ一晩中、ベッドの上で転がり続けた。

第二章　お城の図書館へ行こう

朝起きて、キースと顔を合わせるのが恥ずかしいなと思ったんだけど、なんというかタイミングがよいのか悪いのか、本日、キースとお父様は遠出の視察があるとかで早朝に家を出ていて顔を合わせることはなかった。

一日おけば、恥ずかしさも多少まぎれそうだから、私としては助かったな。

そんな私は、今日《きょう》は魔法省の仕事がお休みの日だ。

いつもなら畑仕事に精を出すのだが今日は違う。

ジオルドとキースの思いとちゃんと向き合うためにも、ゲームⅡの破滅回避は必須だ。少しでもゲームの情報を集めて対策を強化したい。

そう決めて、私はお城の図書館に行くことにしたのだ。

お城の図書館は私が公爵令嬢で王子の婚約者という肩書きを持つため、申請すれば使用していいことになっている。

なぜお城の図書館かというと、前にお城で鞄《かばん》が行方《ゆくえ》不明になった際に、その鞄の中に入っていたロマンス小説に日本語でゲームⅡに関するメモが入っていたからだ。

貸してくれたソフィアや色々な人に尋ねたがわからず、試しにソフィアの書庫を見せてもらって同じようなメモがないか調べさせてもらったが見つからなかった。

それならお城で挟まったのだろうかと考え、可能性は少ないだろうが、お城にある図書も調べてみようとは思っていたのだ。

ただ可能性が少ないけど、量はすさまじいので後回しにしていたが……いつまでも後回しは駄目だと思い立ち、今日、行ってみることにしたのだ。

ついでにあの時、鞄を預かってくれていた場所にも、もう一度、行ってみようと思っている。

私は支度を整え、馬車に乗ると昨日《きのう》ぶりのお城に向かった。

先に図書室への入室の申請を出しておいたのでスムーズに入場できた。

『頑張るぞ』と気合を入れて歩いていると、前の方から知った顔が歩いてきた。

「あっ、アラン様」

「ん、なんだ。カタリナ、お前今日も城に来ているのか。なんの用だ？」

昨日ぶりのアランは私を見つけるとそんな風に言ってきた。

「ちょっと今日はお仕事がお休みなので、図書館に調べものにきたんです」

そう答えるとアランは、

「休みにわざわざ図書館で調べもの？　お前が？」

ちょっと小馬鹿《こばか》にした感じの顔でそう言った。

確かにこれまで私は今まで休みに頭を使うことはせず、もっぱら畑仕事とかに精を出していた。調べものなど学園時代でもめったにしてこなかった。

「失礼ですよ。アラン様。私だって休みに調べものくらいしますよ（これからは）」

頬《ほお》を少し膨らませてそう返したが、アランは小馬鹿にしたような顔を変えることなく、

「まぁ、居眠りしないように頑張るんだな」

などと言ってきた。

アランって見た目こそ大きく立派になったけど、こういうところは子どもの頃《ころ》と変わんないんだよね。

ぼそっとそう呟《つぶや》くと、聞こえたらしいアランが反応した。

「意地悪ガキ大将」

「どういう意味だ」

「たいした意味ではないです」

「いや、悪口だろう」

「わかっていたなら聞かないでくださいよ」

「なんだと、このアホ令嬢」

「そっちの方がしっかり悪口じゃない」

「先に言ったのはお前だろう」

「そもそもアラン様が先に小馬鹿にしてきたんでしょ！」

「俺《おれ》は真実を言っただけだろう」

「なんですって！」

しばらくそんな不毛な言い合いをしていたが、やがてアランがふっと笑いだした。

「？」

　私がきょとんとなると、

「いや、お前とこういうやり取りするのも久しぶりだなと思ったら、なんだか可笑《おか》しくなってきてな」

　無邪気な笑顔でそう言われて、私もなんだか毒気が抜かれて可笑しくなってきて一緒に笑ってしまった。

「そうだね。子どもの頃はよくアラン様が突っかかってきてこういう感じになったものね」

「あ〜、あれは、まぁ、なんだ。色々とあったからな」

　アランはそう言うと恥ずかしそうに頭をかいた。

　出会った当初はジオルドに強い劣等感を持っていて荒れていたものね。

　すっかり穏やかになったからな。今ではそんなこともあったなと懐かしく感じるくらいだ。

　そんな風に昔のことを思い出しているとアランが、

「あの頃は悪かったな。やたら突っかかって」

　そんなことを言ってきた。

「えっ、今さら!?」

　十年以上経《た》ってからの謝罪のようなものに私が目を丸くすると、

「本当、今さらだけど、謝ってなかったなと思い出したからな」

　アランは照れ臭そうにそう言って続けた。

「すまなかった。それから、ありがとな」

なんのお礼だろうときょとんとなると、また笑われて聞き返せなかった。

今日のアランはなんだかよく笑うな。

ああそうだ。アランにも聞いておこうかな。

「アラン様は、恋愛的な好きという気持ちはわかりますか？」

ソラは人に聞いても自分が恋愛できるようにはならないと言っていたし、私もそうだなと思ったけど……でも、色々と聞いてみればそういう気持ちになった時に早く気付けるかもしれないから聞いておいて損はないと思う。

ただアランとメアリは完全な政略的婚約者で、甘い雰囲気もないようだしアランは特におこちゃまだから聞いておいてなんだけどそういうのはわからなそう。

私と同じで『恋愛わからない同盟で仲間ですね』となるだろうなと予想のもとの質問だったのだが、

「なっ、お前、突然、何言っているんだ」

アランは真っ赤《まっか》になって動揺した。

「えっ、アラン様、まさか、わかるんですか!?」

『よくわからん』とかえってくるだろうと思っていた私は驚きの声を上げた。

はたから見るとボスと子分にしか見えないメアリとの間に恋愛的なものがあったの！

「まさかとはなんだ。俺だってもう成人して何年も経っているんだ……そのくらいわかるに決まっているだろう」

アランは赤い顔でそう言うと、

「そう言うお前はわかるのかよ？」

と逆に聞き返してきた。

「えっ、私ですか私は……」

なんだかここでわからないと答えるとまた小馬鹿にされそうで、すぐに答えられないでいると、

「どうせお子様なお前にはそういうのはまだわかんないんだろう」

と思った通りの小馬鹿にした返しをされた。

私はむっとして思わず、売り言葉に買い言葉的な感じで、

「わかりますよ。そのくらい」

なんて見栄を張って返してしまった。

するとアランは目を見開いた。そして、

「……わかるのか。それで相手は誰《だれ》だ？」

といつになく真剣な顔を向けてきた。

「えっ、いや、それは……」

全然、考えてなかったので返せずにいると、

「もしかしてジオルドか？　お前、ついにジオルドと」

『乙女ゲームの破滅フラグしかない悪役令嬢に転生してしまった…X』
TVアニメ放送中!!!!!
毎週金曜日 深夜1時25分～ MBS TBS系 全国28局ネット
"スーパーアニメイズム"枠にて放送中！
毎週金曜日 夜11時30分～ BS朝日にて放送中！
Blu-ray VOL.1
破滅フラグ再び！？
Blu-rayシリーズ発売決定！
vol.1 2021年9月1日(水)発売！
KIZX-473～4
[収録話数] 第1話、第2話、第3話 映像特典：PV集・SPOT集
[特典ディスク] ドラマCD『破滅フラグしかない悪役令嬢に憑依してしまった…』
[全巻共通初回仕様] キャラクターデザイン大島美和描き下ろしBOX
[初回封入特典] イベント優先応募券(2022年4月2日(土)昼公演)
[全巻共通特典] スペシャルブックレット(山口 悟書き下ろし小説～ラファエル篇～
ひだかなみ描き下ろし漫画～メアリ篇～収録)
[音声特典] 「はめふら」を2度楽しめる！豪華キャスト陣によるコメンタリー(第1話～第3話)
OP&ED THEME SONG CD
主題歌CD発売中！
【オープニングテーマ】
angela「アンダンテに恋をして！」
作詞：atsuko 作曲：atsuko/KATSU 編曲：KATSU
[期間限定盤] KICM-92089
[アニメ盤] KICM-2090
【エンディングテーマ】
蒼井翔太「give me ♡ me」
作詞：leonn 作曲：日比野裕史 編曲：日比野裕史×渡辺 徹
[初回限定盤] KICM-92091
[通常盤] KICM-2091

乙女ゲームの破滅フラグしかない悪役令嬢に転生してしまった…X
◀TVアニメ公式HP
https://hamehura-anime.com/
TVアニメ公式Twitter
@hamehura
©2021 山口悟・一迅社／はめふらX製作委員会・MBS

てることにした。

アランが真剣な口調で話を進めるので、私はいたたまれなくなり張っていた見栄を即座に捨
「すみません。わかるなんて嘘《うそ》です。見栄を張りました。本当はそういうの全然わからないんです」

素直にそう告げると、アランはどこかほっとしたような顔をした。

あれ、もしかしてアランも見栄を張って知っているって言っただけで、やっぱり『恋愛わからない同盟』の仲間？

「そうか、そうか、まだわからないままか」

アランはそう言うと私の頭をぐしゃぐしゃと撫《な》でた。なんとなく子ども扱いされている気がする。

「まぁ、お前はまだそうだよな。うんうん」

アランが一人で納得してる。また小馬鹿にされている気がする。

それになんだかすごく嬉《うれ》しそうだし、やっぱりアランも本当は『恋愛わからない同盟』でしょうと問いただそうと思ったのだが、ご機嫌になったアランは、

「じゃあ、俺はこれから公務だから、またな。図書館での勉強頑張れよ」

そう言ってまた私の頭を撫でると、ルンルンといった感じで去っていった。

いや、勉強じゃなくて調べものだから。

結局、アランからは恋愛に関するためになりそうなことは聞き出せなかった。

私は図書館へ向かった。

★★★★★

俺、アラン・スティアートは非常に気分よく公務へと向かっている。

先ほどは一瞬、地獄に落ちたくらいに気分が沈んだが、それも誤解とわかり逆に気分は高揚した。

まさか二日続けて会えるとは思ってもみなかったので、それだけでも嬉しい。

昨日、父がカタリナたちに王家の薄汚い過去を話すと聞いた時はめまいを覚えた。

そんな話を聞かされ、カタリナが俺たちに軽蔑《けいべつ》した目を向けるのではないかと不安になったからだ。

父がカタリナたちに話をしているという時間は実際よりずっと長く感じ、カタリナが俺たちに『もう会いたくない』と言いだす想像までして最悪な気持ちになっていた。

しかし、蓋《ふた》を開けてみればカタリナは『争った王族の方たちとお二人は違う人間です。今回の話を聞いたからといって、私のお二人に対する見方が変わることなんてありえません。それに私はお二人の人柄もよく知っていますから』と俺たちの目をしっかり見てそう言い切った。

その凛《りん》とした姿に、改めてカタリナに惚《ほ》れ惚れしてしまった。

しかし、ふと隣を見るとジオルドが愛《いと》おしそうな目をカタリナに向けていた。

俺はすぐ視線をそらした。そうだ。カタリナはジオルドの婚約者なのだ。

その後もジオルドにエスコートされる姿を見て、なんとか気持ちを押し殺した。

どうして俺は兄の婚約者という決して惹《ひ》かれてはいけない女に惹かれてしまっているのか。

なんとか他《ほか》に目を向けようと考えてもカタリナのような女は他におらず、結果として彼女への思いを止めることができていない。

俺と同じく惹かれてはならない人に惹かれているという婚約者のメアリは『それでも簡単にあきらめるつもりはありません』と堂々と言っているが、俺の方はそうはいかない。

このままいけばジオルドとカタリナは婚姻を結ぶのだ。あきらめなければならないとわかっている。

ただジオルドがカタリナを好いているのは周知の事実だが、カタリナの方にそういった感情がないことも知っていた。

カタリナはいつまで経ってもお子様でそういう気持ちがわからないのだ。だからなんだかんだで安心していたのだ。

だからカタリナから出た『恋愛的に好きな人がいる』発言にはすさまじく動揺してしまった。

ついにジオルドに恋心を持ってしまったのかと。

しかし、それは誤解とわかり、結局、カタリナはまだ恋をしていないと知り、ひどく嬉しかった。

いつかはあきらめなくてはいけないとわかっている。でも、もう少しだけこのままでいたいと願わずにはいられない。

彼女の髪の柔らかな感触の残った手に俺は少しだけ口づけ、軽い足取りで進んだ。

★★★★★

お城の図書館は魔法省ほど大きくはない。

使える人も限られているし、専門書みたいなのもそう多くはない。

もしかしたら魔法省の図書館みたいに秘密の地下があるかもしれないけどね（ちなみに魔法省の地下には古くからのエロ本が丁重に収められ、管理を任された部署長の胃痛の原因になっている）。

こちらも申請していたのでスムーズに入ることができた。

中に入ると先約がいて机に何冊かの本を積んで、そのうち一冊を手に取って眺めていた。

その人物をよく見るとこれまた見知った顔だった。今日は友人によく会う日だ。

「ニコル様」

そう声をかけるとニコルが振り返り、私に気付くと微笑《ほほえ》んだ。バックに薔薇《ばら》の花が見えた。

ニコルの魔性の伯爵ぶりは本日も絶好調なようだった。

久しぶりだったので魔性のオーラにややクラリときつつもなんとか立て直し、

「お仕事ですか？」

そう問いかけると、ニコルは「そうだ」と答え、

「カタリナは？」

と聞いてきた。

「私は少し私的な調べものをしにきました」

私の答えにニコルはうむと頷《うなず》く。

「何を調べるのだ？」

「ええと、古い民話を少し」

お城の図書館が魔法省ほど大きくないといっても、さすがにすべての蔵書を調べるのにはすさまじい時間を有するので無理だ。

なので私は調べる本に目星をつけてきていた。

あのメモはロマンス小説の中に挟まっていたので、本当ならロマンス小説を調べたいのだが、そのような本はお城の図書館にはおいていないため、少しでもジャンルの近い物語の本を調べようと思ったがそういった本もここにはない。

一番近いのが古い民話の本なのだ。

これもそれなりに数はあるが、ペラペラめくるだけなら今日だけでも確認できそうな数だと聞いていた。

「そうか、それならこちらだ」

ニコルが親切に本のある場所を教えてくれた。さすがニコル、本の場所を覚えているんだ。

「ありがとうございます」

「うむ」

ニコルは頷くとまた自分の仕事と思《おぼ》しき本に目を通し始めた。

ただ本を開いているだけなのにそれだけで絵になるなと少し見惚《みと》れてしまったが、すぐ目的を思い出し、私は民話の本を開いた。

ペラペラと中を確認するだけのつもりだったが、なかなか面白い内容が多くてつい目を通してしまう。

遠いところからソルシエにやってきた魔法使いたちの話、魔力を高めるために作られた祭壇の話、暴れまわっていた怪物を魔法で封印した話など色々な地域で伝えられてきた民話はバラエティーに富んでいて、いつの間にか夢中になって読んでしまい。

「……リナ。カタリナ」

ニコルに声をかけられてはっとした。すっかり本にのめり込みすぎてしまっていた。

「だいぶ集中していたようだな」

ニコルは微笑ましげな目を向けながらそう言ってきた。

祝★創刊13周年記念フェア実施中！
IRIS ICHIJINSHA
一迅社文庫アイリス 8月のご案内
毎月20日頃発売!! 少女向け新感覚ノベル
公式Twitter
iris_ichijinsha
破滅回避ラブコメディ、最新第11巻が
通常版と小冊子付特装版の
2タイプで登場!!
シリーズ累計
500万部突破!!
2021年7月より
アニメ2期放送中！
『乙女ゲームの破滅フラグしかない
悪役令嬢に転生してしまった…11』
通常版
特装版
著者:山口 悟 イラスト:ひだかなみ
破滅フラグを回避したはずが、ゲームⅡは進行しているし望んでいない悪役スキルもアップ中で――!? 通常版、特装版それぞれでカバーイラストが違う特別版!! 特装版の小冊子は、放送中のアニメに関連した50ページ超の書き下ろし小説を収録★
転生ラブコメディ
文庫判／通常版 定価:730円(税込)
文庫判／特装版 定価:1098円(税込)
襲い来る不運は、すべて撃退してみせます！
災難に愛されすぎている令嬢の
前途多難なラブファンタジー。
『災厄令嬢の不条理な事情
婚約者に私以外のお相手がいると聞いてしまったのですが！』
著者:中村朱里 イラスト:鳥飼やすゆき
婚約を公表する。そんな王太子からの手紙が届いた聖爵家令嬢マリオンは、同時に彼がとある令嬢に執心しているという不穏な噂も耳にしてしまった！ そこで真相を究明すべく、従者と二人で王都へ向かったけれど……。
契約結婚ラブファンタジー
文庫判／定価:730円(税込)

2021年7月2日より
毎週金曜日深夜1時25分から
MBS／TBS系 全国28局ネット
“スーパーアニメイズム”枠にて放送中！
シリーズ累計
500万部突破の
人気作!!
乙女ゲームの破滅フラグしかない
悪役令嬢に転生してしまった…X
©2021 山口悟・一迅社／はめふらX製作委員会・MBS

「はい。つい夢中になってしまって」

私が少し恥ずかしくなりながら言うと、ニコルはふっと微笑んだ。

「それでもう昼になったが、食事はどうするんだ？」

「ええ、もうそんな時間ですか!?」

本当に夢中になりすぎて、いっきに時間が過ぎてしまっていたようだ。これでは何をしにきたのかわからない。

「食事はお弁当を持ってきたので、いい天気なので外に出て食べようかと思っています」

今日は一日、頑張るつもりでクラエス家の料理人にお弁当を作ってもらったのだ。

図書館内は飲食禁止なので庭園に設置されているテーブルでいただく予定だ。

「あっ、ニコル様もよかったら一緒にどうですか？　いっぱい作ってもらったので」

久しぶりのクラエス家の料理人のお弁当なのであれもこれもと欲張ってお願いしてしまったら、かなりの量になってしまったのだ。

できれば余らせたくないので、ニコルにも協力してもらえるとありがたい。

ニコルは少し考え、

「では、ありがたくいただこう」

と頷いてくれた。

そして、私たちは庭園に設置されているテーブルでお弁当を広げた。

クラエス家の料理人が腕を振るってくれた実に美味《おい》しそうなお弁当。ニコルと取り分けていただく。もぐもぐもぐ。

「うっー、美味しい」

久しぶりの外で食べるお弁当。しかも私の好みを知り尽くしている料理人の味。美味しすぎる。幸せを噛《か》みしめて食べる。魔法省では基本、皆と食堂で食べているからな。

ニコルもパクパクと食べてくれた。

そういえば、このあいだ孤児院に行く際にはニコルお手製のお弁当もいただいたな。

「この間のニコル様のお弁当もとても美味しかったですよ。ニコル様はお料理までできてすごいですね」

ニコルは本当になんでもできるよな。

「あれはほとんど屋敷の料理人が作ったものだ。俺は少し手伝っただけだ」

ニコルはそんな風に言ったけど、お兄ちゃん大好きソフィアからほとんど夜に一人で作っていたのだという話をすでに聞いていたのでこれが謙遜《けんそん》とわかる。

ニコルって見た目こそ魔性なんだけど、実は謙虚で常識的なお兄ちゃんなんだよね。中身と外見のギャップが大きいんだよな。

そうだ。アランよりもニコルの方がきっと恋愛事にだって詳しいだろう。

私は例の質問をニコルにもぶつけてみることにした。

「ニコル様は、恋愛的な――」

そこまで口にして私は以前、それこそ学園に入る前に聞いたことを思い出した。

『気になる人はいないか』という私の軽い気持ちの質問にニコルは『思ってはいけない人が気になっている』と口にしていたのだ。という事実から恋愛的な好きももちろんわかるはずだ。それも切ないやつが……これはなんだかこういうことを聞いたらまずくないか。

次の言葉がつむげなくなって固まる私にニコルが、

「どうした？」

と不思議そうな目を向けてくる。

これなんて続ければいいのだ。

え～と、どう言えば……混乱して口を出たのは、

「あ、あの、ニコル様は以前、話していた気になる方のことはどうなりましたか？」

という直球すぎる台詞《セリフ》だった。

口にしてからしまった!?　と後悔したが、時すでに遅し。

思ってはいけない禁断の恋だって言っていたのにまた聞いてしまうとは。というかニコルあれからお見合いとかもしていたよね。

きっと上手《うま》くいってないんだよね。そんなことを聞いてしまうなんて私ってなんてデリカシーがないのだ。

「……あの、ニコル様、その答えにくければ答えなくて――」

私がそう口にするのに被《かぶ》るように、ニコルが、

「――好きだ」

と口にした。

まっすぐ目を見て告げられたもので、なんだか顔が熱くなる。

「……あっ、その、気になる人のことがですね？」

淡々とそう問えば、ニコルはこくりと頷いた。

ニコルは言葉が足りないところが多いからな。

一瞬、自分に言われたのかと錯覚してしまいそうになった。恥ずかしい。

「……忘れなければならないと思いを捨てようとしたこともあったが」

ああ、やはりそういう風に思ってお見合いとかしたんだな。

ニコルはこんなに素敵なのに、叶《かな》わない相手って一体、何者なのだろう。

以前は男性かとも思ったけど、ニコルなら男性でも落とせそうな気がする。

そうすると人妻とかかな。それだとさすがに厳しいわよね。切ない。

「やはり、どうしても思いを捨てられない」

ニコルはやはりまっすぐにこちらを見て告げるものだから、その思う人への台詞だとわかっていながらも、魔性オーラの力がすごくて顔が熱くなっていく。

「こんなに誰かを好きになることはもうないと思えるくらい」

本当に熱い視線で甘い声で語るの勘弁して欲しい。いや、私が聞いたんだけどね。

なんていうか、最近、あまりニコルにいっぱい接してなかったから、魔性オーラへの耐性が低くなっているのよ。そんなところに、

「好きなんだ」

そんな風に熱く語られれば、もう限界を迎えた頭はショートした。

★★★★★

俺、ニコル・アスカルトは倒れかけたカタリナを腕に抱え、途方にくれていた。

そして反省していた。

久しぶりに会えて、それも二人だけで食事をするという機会に恵まれて浮かれていたのだ。

カタリナが別の人物に言っていると誤解しているのをいいことに、普段決して口にできない思いをその水色の瞳《ひとみ》を見つめながら伝えるという所業を行ってしまった。

自分に言われているのではないと頭を振りつつ、赤くなるカタリナが可愛《かわい》らしすぎて、ついついどんどんと口にしてしまった。

その結果、カタリナは真っ赤になって倒れてしまった。

カタリナは俺の妹ソフィアとともにロマンス小説こそ愛読しているが、自分にささやかれる恋愛的な言葉にはまったく慣れていない。

婚約者であるジオルドが本腰を入れて口説き始めてからは、何度もクラクラになっているのを目にしていた。

普段は大胆で行動的なのに、恋愛だけは不慣れで奥手で、そんなところも可愛らしいと思ってしまう。

俺が昔に話した話などもう覚えていないと思ったのにな。

それは彼女の成人の誕生日で初めてダンスを踊った時にした話だった。

あれから触れてくることもなかったので、すっかり俺の方も話したことを忘れてしまっていたというのに、覚えていたとは驚きだった。

抱きとめた身体《からだ》は軽くて、陽だまりのようないい香りがした。

このまま彼女を攫《さら》って自分のものにしてしまおうかなどと恐ろしい考えが浮かんでくる。

決して手に入れられない最愛の人を胸の中にいれ、煩悩が騒ぎ出す。

このままではまずいなと思った時、

「お兄様、どうしたのですか?」

救世主がお弁当を手に駆け寄ってきてくれた。お陰で煩悩はすっとうち消えていった。

「ソフィア、ちょうどいい時にきてくれた。ありがとう」

俺はそうソフィアにお礼を言い、頭にはてなを浮かべる妹に事の経緯を説明し、この後の協力を求めた。

★★★★★★

薄いピンク色の壁に黒いテーブル、パイプベッドには水色のカバー、ベッドの上には青いクッション、前世でしっちゅう遊びに来ていた親友あっちゃんの部屋。

ああ、これはまたあの夢だ。また見ることができた。

この夢の中であっちゃんはゲームⅡをプレイしてくれているので、ここで情報を見ることができる。

まぁ、見たいところを選んで見ることはできないので、その時にあっちゃんがプレイしているところを見ることができるだけなのだが……できれば私の破滅に関わるⅡからの新キャラ、ソラ、サイラス、デューイ、それから隠しキャラのセザールをプレイしているところが見たい。

さらに望むならもう一人の隠しキャラを知りたいのでその人をプレイしているところも見たい。

そんな風に要望ばかりを願ったせいか今日の画面に映っていたのは、

『お疲れ様です。僕の愛おしい人』

甘いセリフを吐くジオルドの姿だった。

はずれだと凹《へこ》む。

いや、ジオルド個人がはずれというわけではないのだ。

ただゲームⅡで前回から引き続きの攻略対象たちのイベントには悪役カタリナは関係ないよ

うなのだ。よって、この映像を見ても破滅の対策にはならないのだ。

せっかくあっちゃんのゲームプレイの夢を見ることができたのに……欲しい情報は得られないなんて切ない。

『あなたが魔法省に入って一年になりますね。あなたはすごく努力してとても立派になられましたね』

ジオルドが甘いボイスで語っている。

いや～、前世ではこの画面越しでも悶《もだ》えたけど、今世で実物から直接言われるようになったから、このくらいでは悶えなくなったな。

それからもしばらくジオルドは甘い言葉を吐き続け、マリアが素敵な返事をしている。

これゲームだとそんなに違和感なかったけど、現実だと恥ずかしすぎるのよね。

私ならこのあたりでもう恥ずかしさのあまり倒れそうだわ。

そんなことを考えながらぼーっと見ていると、スチルが登場してジオルドがマリアを抱きしめて、

『僕と結婚してください』

と申し込んだ。ゲームⅡで進展を深めた主人公の答えはもちろんイエスだ。

二人はゲームⅡではついに結婚するようだ。そしてゲームⅡはエンディングを迎えた。音楽が流れエンドロールが流れる。

そういえばこうしてゲームⅡのエンディングを見るのは初めてだ。

流れるスタッフの名前を『こやつらがカタリナを破滅にするシナリオ』を書いたやつらだなと恨みがましく見つめていたが――何かがひっかかった。

ん、そういえばゲームのジオルドはなんて言った？

確か『あなたが魔法省に入って一年になりますね』と言った気がする。これは何か大事なことな気が――。


「……リナ様。カタリナ様。大丈夫ですか？」

誰かの呼ぶ声で目を開けると、そこには赤い目に白い髪の美少女が映った。

「……ソフィア？」

そうなぜか目の前にはニコルの妹で私の幼い頃からの友人であるソフィアがいたのだ。

あれ、私はたしかお城の図書館に例のメモがないか調べにきて、それで図書館でニコルに会って、お昼にお弁当を食べようってなって……どうしたんだっけ？

「あの、ソフィア、私、どうしてこんなところにいるの？」

外でお弁当を食べていたはずなのに、いつの間にか室内のしかもなんだかちゃんとしたベッドに横になっている。何がどうなったのかまったくわからない。

ソフィアは私の問いに少しシュンとした顔をして、

「その、カタリナ様は、お兄様とお話しの際に外で倒れてしまったのです。それでここまでお兄様が運んだのです」

　とどこか申し訳なさそうな感じで話してくれた。

　そうか、私、ニコルの魔性オーラにあてられて倒れてしまったのだわ。

「そうだったのね。ニコル様には申し訳ないことをしたわね。あれ、そのニコル様は？」

　ニコルに謝罪とお礼を言おうと思ったのだが、肝心の彼の姿はそこにはなかった。

「あ、はい。お兄様もカタリナ様を心配されていましたが、どうしても外せないお仕事が入っていて、泣く泣くカタリナ様を私に託して、そちらへ行きました」

「あっ、そうだったわね。ニコル様はお仕事の合間にお昼に付き合ってくれたんだものね。それなのに迷惑をかけてますます悪いことをしちゃったわね」

「いえいえ。まったくそんなことはありません。お兄様、久しぶりにカタリナ様とご一緒できて、しかも独占できて、それはそれは喜んでいました。……なので、浮かれすぎて色々と暴走しすぎてこんなことに……」

　最後の方は独り言なのかぼそぼそと呟いたので聞き取れなかったが、どうやら迷惑ではなかったみたいでよかった。

「よかったわ。私も久しぶりにニコル様とたくさん話をできて嬉しかったわ」

「ありがとうございます。その言葉、お兄様に必ず伝えておきます」

　ソフィアはなぜかハンカチで涙をぬぐうような仕草をしてそんな風に答えた。

「うん。……ん、あれ？　そういえばなぜソフィアがここにいるの？」

　あまりにも普通に話をしていたが、よく考えればなぜソフィアがお城にいるのかも不明だった。魔法省にはよくお手伝いに来てくれているが、お城にも何か手伝いにでも来ているのだろうか。

「あ、はい。私はお兄様が屋敷に準備したお昼を忘れたのでそれを届けにきたのです。お父様に聞いたら図書館の方にいるはずだって言われて行ったのですが見当たらなくて、そのあたりを探していたら、ちょうどカタリナ様が意識を失ったところに出くわしたのです」

「……それはそれはとんだところに出くわさせてしまって。というかニコル様、お昼、家に忘れて来ていたんだね。知らなかった」

「ええ、お兄様って普段はしっかりしているけど、たまに抜ける時があるので」

　ソフィアはくすくす笑いながら言った。

　確かに、ニコルってあれで結構抜けているというか、天然っぽい感じがあるんだよね。

「私にお昼はどうするって聞いてきたけど、ニコル様はどうするつもりだったのだろう？」

「城でも提供してくれるところがありますので、そこを利用するつもりだったのかもしれないです。でもせっかく作ってもらっていたので、私、今日は予定がなかったのでお兄様のお仕事姿を見がてら届けにきたのです。でも届けにきて正解でした。こんなところでカタリナ様に会えるとは思わなかったです」

　ソフィアは嬉しそうにそう言ってくれた。

「私もソフィアに会えて嬉しいわ」

学生でなくなってからは、そう毎日会えるわけではなくなってしまったからね。

「そういえばお兄様には聞きそびれてしまったのですが、カタリナ様は何をしに城にいらしたのですか？」

「ああ、私はね。古い民話の本を調べにきたのよ」

「まぁ、民話をですか？」

「うん。ちょっと魔法省の仕事の関係でね」

ということにしてあるのだ。

「でも、読み始めたらなんだか結構夢中になっちゃって」

と告げると、読書好きのソフィアものってきた。

「そうですよね。民話もなかなか面白いですよね」

「そうなのよ。意外と面白くてね――」

そう言って読んだ民話を語ると、さすが読書大好き少女ソフィア。そのあたりも読んでいたらしく非常に盛り上がっておしゃべりしてしまった。

気付けば結構、時間が経ってしまっていて、はっと気付いた私は（倒れたため）身体の心配をされつつ、でもそもそも魔性のオーラにあてられただけなので『もう全然、大丈夫よ』とソフィアに別れを告げて図書館へと戻った。

午後は夢中になりすぎないように、ほどほどに本を確認した。

結果として、どの本にも例のメモらしきものはなかった。

あまり期待はしていなかったが、それでも少しシュンとなった。

せっかく見られた例の夢も今回のものはジオルドしか出てこず新たな情報は何も獲得できなかったものな。

それから、例の鞄が行方不明になった時に預かってくれた場所にも少し行ってみたが、やはり何もわからなかった。

これで今日の確認事項は終わりだった。

夕暮れも迫ってきたので、もう帰宅しようと歩き出す。

ふと目を向けた落ちていく太陽、少しずつ迫ってくる闇《やみ》に私は昨日の青年を思い出した。

引きこもって過ごしていると聞いていたので大人《おとな》しい感じの人だと勝手に思っていたが、どちらかというと意志の強そうな人に感じた。

向けられたあの嫌悪の瞳はなかなかにインパクトのあるものだった。ジオルドの婚約者として釣り合わないと令嬢たちに向けられる嫌悪の視線なんてものではない。もっと強く、そしてなんだか暗い感じの——。

「カタリナ。どうしてこんなところにいるんですか？」

すっかり考えに沈んでいた私は、その声にはっと顔をあげた。

「……ジオルド様」

それは昨日ぶりのジオルドだった。

ジオルドの姿に昨日の青年のことはふっと消えていったが、変わりに昨日の恥ずかしい台詞の言い逃げを思い出してしまう。恥ずかしい。

　私的にはもう少し会わなくてよかったかもという気まずい気持ちもあったのだが、ジオルドの方はそういった気持ちはないのか、普通に話しかけてきた。

　なので、私はソフィアに話をしたように、本日の目的を話し、今日はこれで帰るつもりだと告げた。

「そうでしたか、帰る前に会えてよかったです。運命的ですね」

　なんて台詞を吐いてふふふと笑った。

　うん。いつも通りのジオルドだ。なんだか私だけ意識して恥ずかしがってたようで、ちょっと拍子抜けしてしまう。

「では、馬車までエスコートしますね」

　そう言って手を取られ、流れるようにエスコートされる。

「でも休日まで仕事の調べものとはカタリナも頑張っていますね」

「あっ、いえ、今日はたまたま」

　いつもは趣味の畑ばっかりだからな。

「いえいえ。カタリナが魔法省に入って半年ほどになりますね。はじめよりずっと立派になっていますよ」

　あれ、この台詞どこかで聞いたような。

　あっ、そうだ。先ほど見たあっちゃんの夢でゲームのジオルドが言っていた台詞だ。違うのは一年と半年というところか。

そうだよね。私はまだ魔法省に入って半年、一年は経っていないものね。

ん、あれ、何かひっかかるような。なんだろう。何かが。そんな風に考えていると馬車の場所まで到着した。あっという間だった。

ジオルドは丁寧に馬車に乗るまでエスコートしてくれた。そして極めつけに手のひらにキスを落とした。

思わずびくりと飛び上がった私に、ジオルドはとても鮮やかな笑みで、

「大変な案件が片付くのを待っていますからね」

と昨日のことしっかり覚えているのを告げてきた。

私はただ顔を赤くして馬車が動き出すまであわあわしてしまった。

なんというかジオルドってあんなだったっけ？　完璧《かんぺき》王子は女誑《おんなたら》しスキルまで完備しているの？

私の顔の熱はそれからしばらくは引かなかった。


馬車がクラエス家に到着する頃には顔に上った熱もなんとか落ち着いたが、

「義姉さん、お帰りなさい」

義弟キースがこれでもかというくらいに色気を振りまき出迎えてくれたので、また熱をぶり

返しそうになってしまった。

そうだった。キースにも昨日、かなり恥ずかしいことを告げたのだった。というかその結果がこの色気なのか。義弟よ。どうしてこのようになったのだ。

「た、ただいま」

押し寄せる色気に溺《おぼ》れそうになりながらもそう返した私に今度は、

「図書館に調べものなんて頑張っているね」

と頭を撫でてきた。

いや、これはキースがよくやってくれるやつなのだけど、なんか撫で方がいつもより色っぽい？　というかエロっぽいのか。

本当にどうしたんだキース。もう私の色気耐性値はゼロになりそうだ。

引いたはずの熱がまた顔にあがってくる。

「あ、ありがとうキース。私、支度してくる」

キースの色気に敗北した私はトボトボと部屋に戻った。

キース、ゲームのお色気たっぷりチャラ男とは程遠い好青年に育ったと思っていたけど、やはり彼の中にはお色気の要素がしっかり残っていたのね。私は今、そう確信した。

その後、なんとか熱を収め食事に向かった。

家族の席だったからか、そこまで接近しなかったからか今度はキースの色気にあてられることなく過ごせた。

食事が終わると私は早々に部屋に引っ込んでベッドにもぐりこんだ。

なんか今日は色々とあって疲れたな。

ゲーム情報については特に重要なものは得られなかったけど。そう考えて、また何かひっかかりを感じた。なんだろう。何かを見落としているような気がする。

少しちゃんと考えてみよう。

議長カタリナ・クラエス。議員カタリナ・クラエス。書記カタリナ・クラエス。

『はい。では皆さん。何を見落としているのか考えてみましょう』

『え～、何か見落としているかな？　勘違いじゃない？』

『そうかしら、私は何かひっかかる気がするわ』

『うむ。それが何かを思い出すのです』

『なんだろう。昼に食べたお弁当のおかずとかかな？』

『ああ、久しぶりのクラエス家の料理人のお弁当、美味しかったわよね』

『ええ、最高でしたね。……とお弁当は美味しかったですが、それは関係ないと思います』

『じゃあ、お弁当を一緒に食べたニコルのこと？』

『久しぶりに魔性のオーラにやられたわね』

『相変わらず、すごかったですね』

『でも気になる点はなかったと思いますが』

『そうね。じゃあ、アランかしら？　結局、恋愛的なことがわかるかどうか謎《なぞ》のままだったものね』

『あれはアランも本当はわからないのに、見栄を張ったパターンよ。きっと』

『その可能性は高いですね。……というかそれも特に気になる点ではないのでは』

『そうかもね。じゃあ、キース？　すごい色気が増したのだけど……』

『前から色気はあったけど増しに増した感じだよね。うちにも魔性の伯爵二号が誕生しそう』

『それは勘弁して欲しいですね。毎日、倒れてないといけません。……でもそのことでもないです』

『ならジオルド？　ジオルドも色気が増した気がする。台詞も前より甘ったるくなったような気がする』

『……ジオルドの台詞……あっ、それです！』

『えっ、【大変な案件が片付くのを待っている】とかいうやつ？』

『違います。その前のやつです！』

『【魔法省に入って半年ほどになりましたね】とかいうやつ？』

『それです！』

『いや、どれのどこが気になる点なのよ。何も変なことは言っていないじゃない』

『この台詞、夢で見たゲームと同じだったじゃないですか』

『確かにそうね。でもゲームでは一年って言っていたわ』

『そうです。一年と言っていました。そしてそれでゲームのエンディングが流れたんです』

『どういうこと？』

『つまりゲームⅡは魔法省に入って一年間が期間、一年を迎えればゲームは終わるということです』

『　　!?　』

『……カタリナ。あなた天才だわ！』

『すごいすごすぎる！　もう名探偵カタリナを名乗ってもいいくらいよ』

『いえいえ。そんなことも……ありますかね？』

『もう明日《あす》にでも探偵事務所を立てられるわ。素晴らしい。よっ、名探偵カタリナ』

『天才カタリナ、スーパーガール』

『いえいえい。……ってもう褒めはいいから戻ってきてください』

『　はい　』

『でもこれでゲームの期間がわかりました。今は魔法省に入ってもう半年は経っていますので、残りは半年。この半年を無事に乗り切れば――』

『破滅フラグは回避できる』

『そういうことです』

『やった～～。あと半年、半年頑張ればいいのね。終わりがわかるってなんて素晴らしいの』

『そうですね。どこまで続くのかわからないのは怖かったですからね』

『あと半年、あと半年で終わり』

『そうですが、その半年に何があるかはまだわからないので、そのあたりはまた情報を集め、気を引き締めていきましょう』

『『　はーい　』』


こうして会議でひっかかっていた件は解消され、会議はまとまり夜はふけていく。

気を引き締めてとなったが——終わりが見えた喜びから『あと半年』の喜びの舞を踊る頭の中のカタリナたちがなかなか落ち着いてくれず、すっと眠ることができそうもない。

そんな風に思っていたが、気付けば数分後には深い眠りに落ちていた。

今日はすごく疲れていたから。

第三章　マリアたちの育った町

　翌朝、すっきり目覚めた私は、ゲームの終わりがわかった喜びもあり絶好調であった。昨晩はあれだけ動揺したキースの色気にも柔軟に対応できるようになり、いつもよりスマートに魔法省へと出勤した。

　馬車から降り門をくぐりいつものように部署へ向かう途中に、知っている後ろ姿を見つけ、久しぶりだったので声をかけた。

「おはよう。デューイ」

　魔法省に同期で入ったデューイ・パーシー少年だ。

　同期ではあるが学校を飛び級して入省してきているため年は十三歳と年下である。魔力はなく難関の一般試験を通ってきているいわゆる天才少年なのだ。

「……おはようございます。クラエス様」

　そう返してきた。デューイはなんだか元気がないようだった。シュンとした様子が心配になり、

「どうしたの、具合が悪いの？　大丈夫？」

　と尋ねると、デューイは首を緩く横に振った。

「……いいえ。大丈夫です」

どんよりして、どう見ても大丈夫ではなさそうだ。

見れば顔色が悪いわけでもなさそうだし、具合が悪いわけではない気がする。なんというか雰囲気が重い感じだ。

これは何か悩みがある気がするわ。

「デューイ。私でよければ話を聞くわよ。何かあったの？」

そう言うとデューイはおずおずと顔を上げた。

「……あの、でも」

迷っている様子のデューイが、前方に何かを見つけたのかはっとして、その顔がさらに曇った。

私はデューイの視線の先を追った。すると、そこには楽しそうに談笑しながら二人で歩くマリアと、サイラスの姿があった。

ああ、そうか、きっと悩みの原因はマリアのことねと私は鋭い勘を発揮させた。

「マリアと何かあったの？」

そう尋ねるとデューイの顔つきが変わり、悲しそうな顔になる。

「……いえ。何かあったわけではないんです。むしろ何もないのです」

ん、どういうことだろう？

私は黙ってデューイの話の続きを待った。

「……マリアさんは本当に魅力的で、誰《だれ》からも好かれています」

うんうん。そうよね。マリアってすごく魅力的だものな。

「先日は王子殿下たちと交流してきたとも聞きました」

ああ、あの王様の呼び出しの件ね。ジオルドたちに呼び出されたことになっているものね。

「それを聞いて、僕なんかには遠い人だなって改めて感じてしまって」

デューイは目を伏せてそんな風に言った。

なんてことだ！　デューイが、自信喪失してしまっている。

「デューイ、デューイはなんかじゃないよ。その年で魔法省の一般試験を通ったすごい人じゃない」

優秀な大人《おとな》でもなかなか受からない国内一、難関と言われる魔法省の一般試験。

それをたった十三歳で受かった天才少年デューイは省内でもすごく期待されている存在だ。

現にその実力から省内でトップの魔力・魔法研究室の一員なのだ。

「いえ、試験は、まぐれみたいなもので、魔力もないし、家も……そんな僕なんかがマリアさんに憧《あこが》れるなんてそれだけで不相応なことだったんです。もう隣に並ぶのも恥ずかしいくらいです」

そう言うとデューイはマリアとサイラスを遠い目で見つめた。そして、

「ランチャスター様くらい素晴らしい方なら、あんな風にマリアさんの隣に並んでもお似合いで羨《うらや》ましいです」

ぽつりとそんな風に呟《つぶや》いた。

それを聞いてしまった私はつい、

「いや、全然、そんなことないから！」

とやや強めに突っ込んでしまった。

デューイはきょとんとした顔でそんな私を見てきた。

だってサイラスは隠してはいるが、仕事以外で女性とまともに話すことすらできない男だ。

今だってマリアは笑っているが、サイラスの顔は硬め。

何かを話しているが、それは教えている護身術のことか仕事のことに違いない。というか絶対にそうだ。それ以外の話をサイラスがマリアとできるわけがない。

何せ二人で馬車に乗ることもできなければ買い物にも行けない男なのだ。

それでも護身術を教えるようになってから、その時だけはようやく仕事以外でマリアと一緒でも大丈夫になったという状態だ。

マリアと二人で、食堂で食事ができてプライベートな会話もできるデューイの方が明らかにサイラスよりマリアと距離を詰めることができている。

そのため、デューイがサイラスに負けているように感じる要素はゼロなのだと、説明してあげたくはあった。

だが周りにはクールな男として頑張って女性が苦手なことをひた隠し、ストレスから畑で野菜に語りかけたりしているサイラスの姿も見ている立場としては、簡単に秘密をしゃべるわけにもいかない。

「……その、本当にデューイもサイラス様に負けないくらい素敵だから」

結局、そんな風にしか言えず、デューイに、

「……いえ、すみません。クラエス様に変なことを言って気を使わせてしまって」

と申し訳なさそうな顔をしてしまった。ああ、私って駄目駄目だ。

結局、落ち込むデューイに何もいいことが言えないまま、部署が違うのでさよならすることになってしまい私はモヤモヤを抱えたまま、自分の部署である魔法道具研究室へ到着した。

「おはようございます」

と挨拶《あいさつ》をして中に入れば、いつものようにソラが先に掃除を始めていたので私も加わる。

もくもくと作業するソラをちらりと見てデューイのことを相談してみようかなと思ったが、一昨日《おととい》の夕方、これまで恋人がいたかどうか聞いた答えがなんというか大人すぎるドライなものだったことを思い出した。

ソラには十三歳の淡い初恋の複雑な気持ちはわかりそうもないわね。そんな風に思いながら、ソラを見つめていると、

「ん、なんだ。お前、その哀れんだような変な顔は。なんか失礼なこと考えてねぇか？」

勘のよいソラがそう言って鋭い視線を向けてきた。

「ううん。なんでもないのよ」

「絶対。なんか変なことを考えているだろう。言え」

「失礼なことなんかじゃないわ。ただソラに淡い恋心はわかりそうもないなと思っただけよ」

「いや、それ失礼だろう。何、勝手に決めつけてんだよ。俺《おれ》だってそのくらい……」

「えっ、ソラに淡い恋心がわかるの!?」

私が驚くと、ソラは無言で私の頭をぐしゃぐしゃにした。

「ちょ、またこれ、頭がぐしゃぐしゃになる」

私は抵抗したが、ソラは構わずぐしゃぐしゃにしてくれた。

やっぱりわからないからごまかしたんじゃない！　と思いながらも、やられっぱなしは悔しいので、そのさらさらヘアを私もぐしゃぐしゃにすべく手を伸ばした。

そんな風にソラと格闘しているうちに就業時間近くとなり先輩たちが出勤してきた。

私の頭はぐしゃぐしゃにされたが、ソラの方も少しぐしゃぐしゃにしてやれたので、引き分けというところだ。

結局、デューイの件での相談はソラにはしなかったが、私にはこういう時に最強の相談相手がいるので問題ない。

私は闇《やみ》の魔法訓練のために部屋に向かう途中でラファエルに、デューイとの出来事を話した。

「――という感じでデューイが自信をなくして落ち込んでいるのですが、どうしてあげたらいいかわからなくて」

ラファエルは人の気持ちに聡《さと》い。

少し前には会ったこともない子どもの気持ちすら考えて当ててしまった。そしてとてもよいアドバイスをくれた。

元々、仕事のできる素晴らしい先輩、上司としてラファエルを慕っていたが、今ではなんだかすごく信頼できて頼りになる先生のように感じてきている。

だからデューイのこともラファエルに聞けばきっといいアドバイスをもらえる気がしたのだ。

話を聞いたラファエルはしばし考えこんだ。そして、口を開いた。

「そうだね。僕が思うにカタリナ様は――」

「はい。私は何をすればいいんでしょうか？」

「何もしなくていいと思うよ」

「へぇ!?」

思ってもいなかった答えに私は間抜けな声を出してしまった。

優しいラファエルなら、もっとデューイのためにこうしたあげた方がいいとか具体的なアドバイスをくれると思っていたのだ。

「あの、だってデューイは落ち込んでいて、私はその話も聞いたのに何もしないなんて」

私があわあわ、そう言うとラファエルはふわりと優しい表情を作った。

「デューイが話をしたい時には聞いてあげて、でもそれ以外は何もしないでいいと思うよ」

「あの、なぜですか？　リアムの時にはよい言葉をくれたのに」

おずおずとそう尋ねるとラファエルは、

「リアムの時は彼が誰かの手を求めていると思ったから手を貸してあげてと言ったのだけど、デューイは違うと思うから」

そう言った。

「そう、デューイは違う？」

「そう、デューイはこの悩みを誰かに解決してもらおうとは思っていないよ。むしろこれはデューイが自分で解決していかなければならないことだ」

「デューイが自分で？」

「そう自分で」

ラファエルはこくりと頷《うなず》くと続けた。

「デューイ・パーシーは僕も少し関わったことがあるだけなのだけど、たぶん、彼は自己肯定感が低い気がするんだ」

「え～と、自己肯定感とは？」

「自分の価値や存在を肯定できる感情それが低い。簡単に言うと自分に自信がないみたいな感じかな」

確かにデューイってすごく頭がいいのに、それをあんまり言うこともないし、たいしたことないみたいによく言っていたけど、謙遜《けんそん》しているのだと思っていた。

「僕はそこまでは詳しく知らないのだけど、確かデューイの家はあまり裕福ではないと聞いたことがあるので、そのあたりのこともあって自信が持てないのかもしれない」

ああ、そうだった。例のメモにそのようなことが書いてあったし、本人からも以前聞いたことがある。家が貧しくて幼い頃《ころ》から家の仕事をしながら、なんとか学校へ通ったって。

ラファエルがぽつりと、

「あるいは近くにいる存在に否定され続けてきたとかね」

どこか切なそうな目をしてそう言った。その気持ちがわかるというように。

「自分に自信が持てないところに、いくら他《ほか》の人間が色々としても、そう簡単には変われないよ。それはその人自身が変わっていかなければいけないことだからね」

「じゃあ、デューイの力にはなれないってことですか？」

「いや、話を聞いて見守ってあげて。そしてデューイから力を貸して欲しいと頼まれたなら貸してあげればいいよ」

ラファエルはそう言って微笑《ほほえ》んだ。その言葉はストンと私の中に落ち着いた。

そうか、なんでもどうかしてあげなきゃって思わないで見守って、話を聞いてあげるだけでもいいのか。

確かに私もつらい時、ただ話を聞いて欲しいと感じる時がある。

そしてラファエルはラストに、

「それにデューイにも男としてのプライドがあるだろうから、あまり女性に心配されるのも面白くないこともあるかもしれないからね」

といたずらっ子みたいなにやりとした顔をしてそう告げた。

そっか、デューイにも男のプライドね。確かにそうだな。

「ふふふ。やっぱり、ラファエルはすごいね。ラファエルに相談してよかった。ありがとう」

微笑んでそう感謝を告げると、ラファエルは、

「……いえ、その、では部屋に行きましょう」

とスタスタと少し速足で進んでいってしまった。

なんだからしくない感じで不思議に思った。その横顔が赤い気がしたのは見間違いだったのかな。その後はすぐ普通になったけど。

そして部屋に到着した私は一昨日の続きの闇の形を変える訓練をした。

一昨日はすっとできたので、スムーズにいきそうな気がしたが、出した闇をぐにゃりとはできるが、綺麗《きれい》な形にはできなくて結局、闇をぐにゃりとできるだけで終わってしまった。

ラファエルはいつものように『まだ始めたばかりだから』と言ってくれたけど、果たしてあと半年でちゃんとできるようになるのか不安になった。

★★★★★

僕、ラファエル・ウォルトはカタリナへの闇魔法訓練を終え、彼女を先に部署へと帰した。

そして一人になった部屋でだらりと椅子《いす》に腰かけた。

普段ならこのようなだらしないことはしないのだが、なんというか少し胸が騒いでいたため

だ。

闇魔法の訓練を始めてからカタリナとの距離が近くなったのは感じていたが、前に孤児院の子どもの相談に乗ってからは益々近いというか、カタリナが心を許してくれているのがわかった。

以前に増して頼られるようになり、それ自体は喜ばしいことなのだが、なにせカタリナは心を許した相手により無防備になる傾向があるため、そこに少し困っている。

二人きりの部屋で腕を伸ばせばすべて包み込める距離でキラキラした目を向けられ、ひたすら褒められるのは、なかなかくるものがある。

もちろん、そんなそぶりはまったく見せずに対応しているのだが、終わった後にこうして胸が騒ぐのはもうどうしようもない。

『シリウス、あなたはあの女が生んだ卑しい子どもとは違うのよ。立派な人間なの』

ずっと聞かされてきた『ラファエル』を否定するあの女の言葉は長年、僕を呪縛《じゅばく》していたが、今はもうそんなものから解き放たれた。そして、

『ラファエルは本当にすごいね』

カタリナの言葉が僕を前へと進めてくれる。

よしでは、また午後からも頑張ろう。

そう心の中で呟くと僕は椅子から立ちあがった。

★★★★★

午後からはいつものようにマリアと共に契約の書の解読だ。

部屋にこもり辞書を開きながら、油断すると閉じそうになる目に活をいれて解読に挑む。

進みは相変わらずまだまだだ。

ようやく、注意点の部分を抜けると闇を生み出すという今、まさに私がラファエルに教えてもらっている部分が出てきて、やはりこれが基本なんだなと改めて思う。

眠気と闘いながら書と格闘し、ようやく休み時間を迎える。

いつもなら、そのまま少しお昼寝することも多いのだけど、なんとなくデューイのことが頭をよぎった。

ラファエルから『デューイは自信がない。もしかして近しい人に否定され続けてきたのかもしれない』というような話を聞いて、そういえば私はデューイ・パーシーについてほとんど知らないなと思ったのだ。

ゲームⅡの攻略対象であるデューイについてはメモで知った『家が貧しく独学で学んで魔法省に合格した』ということ。以前、本人から聞いた『幼い子どもでも家の仕事をしなければいけず、学校に行くのも大変だった』という事実。この二つくらいだ。

勤めている部署も違うから同期だけど、そう会う機会もない。

同じく部署が違っても、もう一人の攻略対象であるサイラスとは畑を通じて親しくなり、その女性苦手っぷりや、畑仕事の手際の良さなどもわかっていることを思えば、今、魔法省にいる攻略対象の中ではデューイが一番疎遠ぎみだ。

デューイは一体、どんな人なのかしら。ぼんやり宙を見つめて思うと、綺麗な金髪が目に入る。

あっ、そうだ。マリアに聞いてみれば私よりずっと詳しいはずだ。なにせ同じ部署で、出身地も一緒だ。

「あの、マリア、デューイのことを教えて欲しいのだけど」

私が思いつきをそのまま口にすれば、マリアはきょとんとなった。

「デューイ？　それは私の部署のデューイ・パーシーのことですか？」

「そうそう。マリアのとこのデューイ・パーシーのこと」

「あの、デューイと何かあったのですか？」

突然、デューイのことを聞いたので疑問に思ったのだろう。

そのように聞いてきたマリアに、

「え〜と、その、この間会った時、なんだか元気がなかったみたいで気になって」

と答える。

実は元気のなかった理由も知ったのだけど、そこは直接マリアにいうわけにもいかないので。

「そうですか。そういえば今日《きょう》もなんだか元気がないようでした」

どうやらマリアも気付いていたようだ。マリアは同部署で接する時間も長いからな。

「無理しすぎて体調を崩したのではないといいのですが」

マリアが心配そうな顔になってそう言う。

「ああ、デューイは一人で頑張りすぎちゃうところがあるって、前に言っていたものね」

入省後のテスト任務に皆で行った際にマリアがデューイのことをそのように言っていたのを思い出した。

「はい。家が大変で頼れる人がいなかったみたいで、一人で頑張っているのをよく見かけたのです。それが今でも癖になっているのかも」

そういうマリアも一人で頑張りすぎなところがあるから、なおさら自分みたいで放っておけないのかもしれない。そして気になったのが、

「あの、デューイの家に頼れる人がいないって、デューイの家ってどんな感じなの？」

ということだった。

家が貧しくて苦労したというのは知っていたが、実際のところどんなだったのか具体的にはわからなかったから。

小さな子どもが学校へ行けず家のことをしなくてはいけないとはどんな状況だったのか。ご両親はどうしていたのか。

私の問いにマリアは考える様子を見せた。

その様子に簡単に話していい話ではないようだと感じた。

マリアが私の目をまっすぐに見つめてきたので、私はその視線を受け止めそのまままっすぐ見返した。

決して他言はしない、信じて欲しいという思いで。

やがてマリアがこくんと小さく頷き、口を開いた。

「デューイの家はきょうだいが多いのですが、そのきょうだいが働いて家計を支えているようなのです」

「え～と、ご両親は？」

「いらっしゃいますが、お仕事はされていないです」

「ご病気とかなの？」

「いえ、酒場などでよく元気な姿を見かけると聞きました」

「……それは」

つまり子どもに働かせて自分たちは遊んで暮らしているってことか。

マリアははっきりそう言わなかったけど、険しげな表情を見るにその解釈で間違っていなさそうだ。

「そのきょうだいはいくつくらいから働いているの？　学校は？」

デューイはなんとか通ったと言っていたけど、他のきょうだいはどうしていたのか。そのあたりの回答によってデューイの親の駄目さもまた違ってくる気がする。

「……私が記憶している限りではまだ満足にしゃべれないうちから内職のようなことをさせられているようでした。デューイはなんとか学校へ行っていましたが、他のきょうだいは学校には通わせてもらっていないようです」

マリアの答えは、デューイの親が本当に駄目な親であると確定させられるようなもので、前世だったら児童相談所が動くような案件だった。

「……その周りの人は何か言わないの？」

マリアの育った町には以前、行ったことがある。

王都ほど設備が整いよい場所とはいかないが、困窮しているようにも見えず普通の町だったと記憶している。

あの場所で、子どもが理不尽な扱いを受けているなら誰か近隣の人が声をあげてもよさそうに思えた。

「近所の人も前は注意したりした人がいたようなのですが、ご両親がなかなか難しい性格の方で注意すると逆上して嫌がらせをしてきたりするようで、次第に誰も声をかけなくなったみたいです」

注意に逆上、完全に駄目な人たちだ。デューイの育った環境は想像していたよりもずっと厳しいものだった。

デューイの両親の話をした後、マリアは少し考え、

「もしかしてデューイの元気がないのは、ご両親から何か言われたのかしら？」

て、
と呟いた。

デューイの悩みが、自分がマリアに釣り合わないと思っていることだと知っている私は慌て、

「いや、それはないと思うよ」

と否定したが、『近しい人に否定されてきたのかもしれない』というフレーズが思い浮かんだ。

ラファエルはそういうこともあるかもしれないという風に言ったけど、今の話を聞いたらそれはすごくありそうな話に思えた。

年端もいかない子どもを働かせて、自分たちは遊んでいる両親はデューイにどのように声をかけてきたのだろう。

きっとあまりいいことは言われていない気がする。

「でも、そんな状況で魔法省の試験に受かるなんてデューイは本当にすごいんだね」

学校も満足に行かせてもらえない中で、最難関と言われる試験に合格するなんて本当にすごいことだ。どれだけ頑張ったのか計り知れない。

「そうですね。デューイは本当にすごいですね」

険しい顔をしていたマリアもそう言って口の端をあげた。

「あのね、マリア。デューイのことはそっと見守ってあげて、もし本当に手が必要そうだったら貸してあげて、その、デューイにも男のプライドがあると思うし、女性にあまり手をかけら

れるとかえって気まずいかもだから」

私がラファエルに受けた助言をそのまま伝えると、マリアはきょとんとしてから、

「男のプライド……そうですね。少し様子を見ます」

ちょっぴりクスリと笑ってそう言った。

うん。わかるデューイはまだ十三歳だし、なんていうか見た目も子ども的な感じだから、男のプライドって単語が似合わないよね。

私もラファエルの口からこの単語が出た時、少しクスリとなったもの。

でもこの年頃《としごろ》の男の子は繊細だから、キースもデューイくらいの年の時はなんだかソワソワとしたり変な時が多かったけど、お父様に『そういう年頃だからそっとしておいてあげるんだよ』と言われたことがある。

そう思い出せば、ラファエルの見守るというアドバイスは適切と言えた。

そうしてデューイのことは気にかかるけど、見守って手を貸して欲しいと言われた際には手助けをするという結論になった。

無事に結論を出せた私たちは再び、契約の書に向き合い就業終了時間まで解読作業を続けた。

「ふっー、今日の作業はおしまい。なんとか眠気に負けなかったわ。……ぎりぎりだったけど」

私がそうこぼすと、マリアが、

「最近、買い物に行ったお店で、『眠気をとるお茶』というのが売っていましたよ」

と教えてくれた。

「えっ、何それ、欲しい。どこのお店で売っているの？」

「王都の中心の方にあるお店で――」

そう言ってマリアが教えてくれたのは私の行ったことのないお店で、

「う～ん。なんとなく場所はわかったけど、いまいち自信がないな。あっ、そうだ！　マリア、よかったら一緒に買い物に行ってくれない？」

そうしたら、店もわかるし、何よりマリアと一緒に買い物ができる。

「ええ、私でよかったら」

マリアが微笑んでそう言ってくれて買い物の約束が成立した。

しかも運のいいことに数日後の休みが一緒だったので、そこで一緒に出かけることにした。

マリアとお出かけ楽しみだ。

私はマリアと別れ、荷物を取るべく部署へと向かった。


「失礼します」

そう言ってドアを開けて中に入れば、何人かの先輩方が残ってお茶を飲んでいた。

「あら、カタリナ嬢、お疲れ様、よかったら一緒にお茶、飲まない？」

筋肉マッチョにゴスロリ服、メイクばっちりのローラ先輩がそう言って声をかけてくれた。

入省後のすぐの試験任務に同行してくれたローラ（本名ガイ・アンダースン）先輩は見た目

こそ二度見必須の変わりっぷりだけど、実は面倒見もよく気のいい先輩だ。

たまにお昼も一緒に食べたりするし、いい化粧品を教えてくれたりする。

時間を確認するとまだ大丈夫そうだったので、私はお茶をいただくことにした。

「ありがとうございます。では少しだけ」

そう言うと、近くの椅子を勧められた。

しかもローラ先輩がカップにお茶を入れて手渡してくれた。本当に親切な先輩だ。

そこでお茶を飲んでいたのは、ローラ先輩の他、年中迷子のネイサン・ハート先輩、自分大好きナルシストのニックス・コーニッシュ先輩、ぬいぐるみで会話するリサ・ノーマン先輩の四名だった。いずれも変わり者の先輩たちだ。

まぁ、この魔法道具研究室には変わり者の先輩しかいないと言っても過言ではないくらいなのだが。

「ふふふ。ここのところ業務が業務時間内に終わって嬉しいわね」

「毎日、きちんと寝られるから僕の肌の調子も絶好調だよ」

「ラーナ様が、ちゃんと部署にいることが大きいですね」

「本当です。ラーナ様が部署長になって以来の快挙ですよ」

そのように喜ぶ先輩方に私はきょとんとなった。

確かに今は落ち着いているけどこれまで皆、残業していることがほとんどだった。

私は新米でできることもないのでさっさとソラと共に帰されていたが、今の状態が快挙と言われるほどに忙しい状態だったの！

「あの、この部署は普段はそんなにずっと忙しいのですか？」

私がそう口にすると、ナルシストのコーニッシュ先輩がばっと立ち上がった。

「ああ、もう徹夜の泊まり込みなんてざらだったんだ。お陰で僕の艶々《つやつや》の肌も荒れてしまい。悲劇だったのだよ」

うっうっうっと身体《からだ》を伏せ大げさな泣き真似《まね》をするコーニッシュ先輩をなんとも言えず見ていると、

「なんか、こいつがいうと嘘《うそ》っぽいけど、事実ではあるのよね」

とローラ先輩が疲れたように頰《ほお》に手を当てて笑った。

ノーマン先輩というか先輩の持っているぬいぐるみもこくんと大きく頷いた。

「そ、そんなに大変だったんですね。……しかもラーナ様が部署長になられて以来ずっととか……」

かなりの期間なのだろう。皆さんの苦労が垣間見える。

「それでも、なんだかんだ言ってラーナ様はいい上司だからね。私のおしゃれに文句を言ったりしないもの」

ローラ先輩がそう言えば、コーニッシュ先輩も、

「そうそう、僕のこの素晴らしい服の価値も理解してくれるからな」

とキラキラな衣装でふふんと胸を張った。

そんなコーニッシュ先輩をちらりと見て、

「このような変人、他部署の部署長では制御できず、持て余してしまいますからね」

ノーマン先輩（のぬいぐるみ）が言った。

「失礼だな、リサ。僕は魔力の高さを買われ、魔法省直々に誘われ入省したのだぞ」

「親戚《しんせき》のコネで入省しただけじゃないですか」

「な、なんだと。それなら君だって試験ではなく、魔力で推薦を受けて入った身ではないか」

「私は誰かと違って魔力、学力も共に十分でちゃんと推薦されて入省しました」

「ぼ、ぼくだってそうだ！」

「コーニッシュさんは、学力はいつも下から数えた方が早いくらいだったじゃないですか」

「そ、それは実力を出し切っていなかっただけだ」

そんなコーニッシュ先輩とノーマン先輩のやり取りを見ながら、前々から思っていたことを聞いてみた。

「あの、二人は昔から親しいのですか？」

そう聞くと、ほぼ同時に、

「ああ、昔からの付き合いでな」

「親しくはないです。ただの腐れ縁です」

という答えが同時に返ってきた。

答えの大きな違いにまた言い合いになる二人をしり目にローラ先輩が、

「二人は同い年の幼馴染《おさななじみ》なのよ。魔法学園でも一緒だったみたいだわ」

そう言って教えてくれた。

確かにこのポンポンとした親しみ深いやり取りは長い付き合いを感じる。それから、

「お二人とも推薦だったのですね。ローラ先輩もそうなのですか？」

魔法省に入るにはデューイが受けて入った一般の試験と然《しか》るべき人物の推薦が必要だ。かくいう私もラーナに推薦をしてもらって入省した。

魔力の高い人は魔法学園時代に声をかけられ、推薦で入ることも多いと聞いていたので、魔力持ちのローラ先輩もそうだと思って聞いたのだけど、

「いいえ。私は一般試験で入省したのよ」

と思っていたのと違う答えが返ってきた。

強い魔力を持っていると聞いていたし、おそらく貴族なのだろうと思わせる様子からてっきり推薦だと思っていたローラ先輩の意外な事実にきょとんとなると、ローラ先輩がふふふと笑みを作り、

「私、可憐《かれん》なだけじゃなく頭もいいのよ」

と言った。

もしかしたら何か事情があるのかもしれないので、そこは突っ込まないことにした。

「ちなみにネイサンも一般試験よ」

ローラ先輩が軽やかに告げる。

「僕は魔力がないですからね」

ハート先輩がそう言うと、ローラ先輩が付け足した。

「ネイサンは独学で学んであの試験を通ったのだからすごいのよ」

おお、ハート先輩は独学なんだ。すごいな。

それならデューイと一緒なんだな。

「あの、独学で学んで試験を通るってかなり大変なんですか？」

ハート先輩にそう尋ねると、先輩は少し考える様子を見せ、

「そうですね。魔法省の試験は魔力のことだけでなく様々な分野が出るのでかなり大変だと思います。ただ僕は独学とは言っても、実はたくさんの教師に色々と教わって育った身なので、正確には独学とも言えないんですよ」

「たくさんの教師に色々教えてもらった？」

「はい。僕は元々、国をめぐる行商の中で育ったので、そこにいるやり手の商人たちにたくさんのことを教えられているんです」

「そうだったのですね。国をめぐる行商とかかっこいいですね。でもどうしてそこを抜けて魔法省にはいられたのですか？」

ふと疑問に思ってそう口にすると、ハート先輩は黙ってしまった。

あれっと思っていると、代わりにローラ先輩が、

「優秀ではあったんだけど、行商の最中にしょっちゅう迷子になるから追い出されたのよ」

と笑いながら言ったが、すぐにハート先輩が、

「追い出されたのではなく。『移動のない職場に転職したらいいのではないか』と強く勧められただけです」

と物申した。

この魔法省内だけでも迷子になるくらいだから、移動する行商の中ではさぞかし大変だっただろう。主に探す方の人たちが。

そんな風に私が大変だったであろうハート先輩と同行していた行商の人たちに思いをはせていると、気まずくなったのかハート先輩が、

「しかし、それだけ色々と教えてもらっていた僕でも大変な試験だったので、本当に自分だけの力で、独学で入省するとなると、それこそ血のにじむような努力が必要になるものです」

と試験の話に戻した。

血のにじむような努力。本日、聞いたデューイの環境でもただ普通に勉強するだけでも大変そうであった。

それが国で最難関と言われる試験に、大人が必死に挑んでもなかなか受からないような試験に合格するのは、どれほど大変だったことだろう。

デューイは私が今まで考えていたよりもずっと努力を重ねたすごい人物だったのだろう。

その後、幼馴染の腐れ縁の二人の先輩の楽しいやり取りをしばらく聞いたりなどおしゃべりをして私は部署を後にした。

ソラが午後から外仕事で不在だったので、帰りは一人で門へと進んでいると、遠くにマリアとデューイの後ろ姿を見つけた。

二人で並んでいるのに少し距離があるその光景に切なさを感じながら、デューイの今まで小さいなと思っていた背中がいつもより大きく感じられる気がした。

駆け足で行けば声をかけられる距離ではあったが、私はあえて声はかけず二人の姿を見送った。

二人を見届け、私は馬車に乗って自宅へと帰宅した。


自宅に戻れば、キースが色気増し増しのまま優雅に過ごしており、メイドの業務に支障をきたしていた。

しかし、私はというと他に考えることも多かったこと、あとは長年の慣れで、増し増しの色気にもなんとか打ち勝つことができた。

なので、メイドたちの平穏な日常を取り戻すために、キースの頭をぐしゃぐしゃにしてみたり、きちんとした服を着崩してだらしなくしてみたりと、色気を抑える対策をしてみたが、むしろ色気が増すという残念な結果に終わってしまった。

クラエス家のメイドたちのために、私はそのうちアスカルト家のメイドたちがニコルの傍《そば》でどのように平常心を保って働いているのかを聞いておく約束をした。

しかし、キース、いやジオルドもそうだったけど、破滅フラグを回避したら『気持ちを考える』と伝えただけで二人ともすごい色気が増してしまったのだけど、これはいざ考える時になったらどうなっているんだろう。

私、気持ちを考える前に色気に当てられてまともに思考できなくなってしまうのではないだろうか。そんなことをつらつらと考えながら、私は眠りに落ちた。

翌日にはいつものように魔法省へ向かい、いつもの仕事に励んだ。

気にし始めたからかデューイの姿を見かけるようになり、やはり少し沈んだ様子で気になったが、ラファエルの助言通り見守ることに努めた。

契約の書の解読のため午後は一緒になるマリアも、気になってはいるが、私と話し合った通り見守ることにしているようだった。

そんな日々を過ごすうちに休みとなり、マリアと二人で町へ出かける日になった。

支度を整えて馬車に乗り込み、魔法省の寮までマリアを迎えに行く。

魔法省の寮の前まで来ると、すでにマリアが外で待っていたのだが、その横にはデューイの姿もあって驚いた。

「おはよう。マリア、それにデューイも」

「「おはようございます。カタリナ様」」

二人はそう言って挨拶を返してくれた。しかし、挨拶が終わるとデューイはすぐに、

「では、僕は失礼します」

とさっといなくなろうとしたので、私は慌てて、

「あっ、デューイ、今日は仕事なの？」

そう聞いてみると、

「いえ、今日は休みです」

という答えが返ってきた。

やはり、この時間にまだ寮にいるということはそうだと思った。

「何か予定はあるの？」

「いえ、特にはないので、図書館にでも行こうかと思っています」

よくよく聞けば、そうして出かける際にちょうど、ここで私を待っていたマリアと会って少し話をしていたとのことだった。

そこへ私がやってきたので挨拶して去るつもりだったようだ。

おお、この状況はちょっとしたチャンスではないか。

ラファエルの助言通り見守り、話を聞いて欲しいようだったら聞いてあげようと決めたデューイのことだったけど、そもそもデューイとの接点が少なく話を聞くような機会もなかった。なので、ずっともっと話してみたいと思っていたのだ。そこで、

「あの、デューイ、もしよかったら私たちと一緒に町までお出かけしない？」

と誘ってみた。

同行するマリアにも目配せをしていいかどうか確認すると目をキラキラさせてコクコクと頷いてくれたので問題ない。

しかし、当のデューイは、

「いえ、せっかくのお二人のお出かけに僕なんかがご一緒できません」

と首を横に振った。

デューイがまた『僕なんか』と口にした。ラファエルが言っていた自信がないというのははやり当たっている気がした。

でも、なんだか悲しそうに見えるデューイの顔に、ここで引きたくはないと思う。

「何言っているのよ。二人より三人の方がきっと楽しいわよ。ねぇ、マリア」

マリアに同意を求めれば、コクコクと頷きながら、

「そうですよ。デューイ、せっかくだから一緒に行きましょうよ」

と声をかける。

すると、デューイにも迷うようなそぶりが見えてきた。

そうだよね。大好きな女の子の誘いだものね。行きたくなるよね。

よ～し、もう一押しと口を開こうとした時だった。

「おお、なんだそろっているな」

聞き慣れた声が聞こえてそちらへ目をやると、

「え～と、ラーナ様？」

「おお、おはよう。カタリナ嬢」

そう言って明るく手をあげたのは、おそらくというか本人が返事をしたので私の上司ラーナ・スミスであった。

なぜすぐわからなかったかというと、服装が私服なのかいつもとまったく違うテイストだったのと顔はいつものままだが鬘《かつら》なのか髪の色が違ったためだ。

変装の名人であるラーナは、魔法省では一定の姿（それもおそらく変装の一つ）であることがほとんどだが、他の場面では別人になっていることもあり、そうすると雰囲気もまるで変えてきてまったくわからないのだ。

そう考えると今日の姿はプチ変装といったところであろうか。

「ラーナ様、なぜここへ？」

ラーナは聞いた話では確か別に家がある（おそらく貴族である）とのことで、魔法省の寮は使っていない。

「ああ、休みに少し魔法省へ顔を出したら、頼まれ事をしてな」

そう言ってラーナはひらりと一枚の手紙のようなものを取り出した。

「デューイ・パーシー少年、君にご実家から手紙だそうだ。手違いで部署の方へ届いてしまったようで届けるように言われてきた」

デューイはマリアと同じ町の出身であり、魔法省勤務のために寮で生活している。そこへ実

家から手紙がくるのは別に変なことでもなんでもないのだが、

「えっ⁉」

とデューイの顔が目に見えてこわばったのがわかった。

マリアにデューイの家の事情を聞いていたので、そのこわばりの意味もなんとなく想像できた。

「手紙の宛名に至急と書いてあったので持ってきたのだが、もしすぐに何かしなければならないことがあるなら言ってくれ、私が手配しよう」

魔法大好きで我を見失うこともあるが、基本は面倒見のいい上司であるラーナがそう言えば、すぐに確認した方がいいという雰囲気になる。いや、至急と書かれているのですぐに確認した方がいいのは確かだ。

デューイは少し躊躇《ためら》っていたが、意を決したように手紙を開き、中を確認した。するとその顔は見る見ると曇っていった。

私たちは心配してデューイの言葉を待ったが、ラーナが代表して、

「どうした。何があった？」

と問いかけた。

「あ、あの、……その妹の一人が重い病気になったので、すぐ帰ってきて欲しいと……」

デューイがどこかたどたどしくそう言った。

なんと、それは一大事だ！　私はすぐに、

「デューイ、私のうちの馬車が近くに止めてあるので、それで行きましょう。私が家まで送るわ」

と声をかけた。

「で、でも」

と戸惑うデューイに、さらにマリアが、

「私もついて行くよ、行こう」

と声をかけ腕を引けば、デューイも戸惑いながらも頷いた。

こうしてマリアとの町へのお出かけは、急遽《きゅうきょ》変更となり、デューイの家へ向かうことになった。

そしてそこにはなぜか、

「あの、馬車の人数にはまったく問題ないので構わないのですが、なぜラーナ様も一緒に？」

当たり前のように私たちの馬車に乗り込んだラーナにそう聞けば、

「うむ。マリア嬢とデューイ少年の生まれ育った町に興味があるのでな」

と真顔で答えた。

ラーナの行動はほとんど興味があるで、占められているんだな。でも、まぁ特にラーナを拒否する理由もないので、私たちは四人でデューイの家へと向かった。

★★★★★

「サラ、今日は自由に過ごしていいよ」

彼がそう言ってきた。

私の主《あるじ》はたまにこんな風なことをきまぐれに言ってくることがある。

しかし、そんな風に言われても自由な過ごし方など私は知らないので、いつも部屋の中でじっとしている。

今日もいつも通りそうしようと思ったのだが……少し前から私の心は落ち着かない。

何かやるべきことがあればいいが、じっとしていると色々と考えてしまう。特にこんな風な時は。

部屋でじっとしていると、先日のことが思い出された。あの女、カタリナ・クラエスのことだ。

子どもを優しく抱きしめ『手を伸ばせと』と言った彼女の姿がちらつき、胸がざわりとした。

確か、今日はカタリナ・クラエスは休みで外出すると聞いた。

あの女のせいでこんなに心が乱れているのだ。

殺してはいけないとは言われているが、それ以外なら問題ないだろう。

私の心をこんなに乱す原因を作ったあの女に、何かしたい。

なんとも言えない気持ちを覚え、私は部屋を飛び出した。

カタリナの行先はそのあたりの者に闇の魔法で尋ねればすぐにわかるだろう。

私は、初めて自らの意志で動きだした。

★★★★★

なんどか通ったことのあるマリアの町への道だけど、馬車の中の雰囲気は暗い。

デューイは受け取った手紙を見返し、握りしめている。

デューイのきょうだいは皆で支え合って生活してきたらしい。

しかも『すぐに来るように』ということはかなり状態が悪いことを想像させる。それは心配だ。もしデューイが良しとするなら腕のいいお医者さんを紹介しよう。

そんなことを考えているうちに馬車はマリアたちの町へと到着した。

町へお買い物に行くとのことでクラエス家の馬車でなく、お忍び用のものだったのでデューイの家の近くまで馬車を乗り付けてもらった。

マリアの家には何度か行っていたけど、デューイの家は町中というよりも町のはずれという場所に位置しているようだった。

家の近くだという場所で馬車を降りた時、デューイが、

「うちはとてもラーナ様やカタリナ様にお見せできるようなものではないので、ここで待っていていただいても」

と言ってきたが、『そんなこと気にならないよ。できれば心配だからついていきたい』という私の思いを汲《く》んでくれた。

ちなみにラーナも『まったく気にならない』とスタスタとついてきた。

デューイの家が見えてくるとデューイが『とてもお見せできない』と言った意味も少しわかってきた。

それは家というより小屋という感じだった。それも貴族の使うきちんとした小屋ではなく掘っ建て小屋。強い風でも吹けば壊れてしまいそうなものだ。

そんな見た目に多少は驚いたが、以前行った治安の悪い町ではたくさん目にしたことがあったのでそこまで気にはならなかった。

ただ王都からそう遠くないこの豊かな町に立っているのは少し異質に感じる家ではあった。

近づいて家の中に人がいるのがしっかりわかるようになった時、ドアが開き、人が出てきた。

たぶん私たちより少し下くらいの青年だった。どことなくデューイに似た顔立ちをしているので、もしかしたら兄なのかもしれないと思った予想はすぐに肯定された。青年を目にしたデューイが小さく『兄さん』と呟いたのだ。

その呟きが聞こえたわけではないだろうが、デューイの兄がこちらを振り返った。

そしてデューイを目にして、ぎょっとした顔になり、

「お前、なんでこんなところにいるんだ」

と叫ぶように口にした。

それは完全に歓迎されていない言葉と態度だった。

両親はあまりよい人たちではないと聞いていたが、きょうだいは皆で助け合い仲良くやっていたのではと勝手に思ってしまっていた。

デューイに目をやると、受けた態度と言葉に傷ついているようにも見えたが、

「手紙を受け取ったから様子を見に来たんだ」

しっかりした口調で兄にそう告げた。

「手紙?」

デューイの兄は首をかしげる。心当たりがないという様子だった。

「……これ」

デューイが持っていた手紙を差し出した。すると、デューイの兄は顔を顰《しか》めた。

「……厭味《いやみ》かよ。俺は満足に字が読めねぇんだよ」

そう答えた兄にデューイははっとして、

「……そうだった。ごめん」

と謝った。失念していたという表情をして。

マリアの話では、きょうだいは学校へ通わせてもらっていないということだったので、それ

で文字が読めないのだろう。

我が国、ソルシエでは義務教育として学校を無料で開いているため、多くの人が文字の読み書きができるので、読み書きができない状態では苦労するだろう。

デューイ兄は仏頂面になりつつも、

「それで、そこにはなんて書いてあるんだ？」

とデューイに問いかけてきた。

「あ……うん。ベルが重い病気になったからすぐ来て欲しいって……これは誰が出したの？」

どうやらベルというのが病気の妹の名前らしい。デューイが不安げに問い返せば、デューイの兄は先ほどより強く顔を顰めた。

「どういうことだ？　ベルは別に元気だが」

「えっ!?」

パーシーきょうだいがそう言って顔を見合わせた時だった。

「おぉ、デューイ、来たか～待っていたぞ～」

と場違いな呑気《のんき》な声が聞こえて、そちらから赤ら顔の男が一人、千鳥足で歩いてきた。

縦にも横にもでかく、でっぷりとした腹をゆさゆさ揺らすその男はどう見ても酔っ払いであった。そんな男を目にして、デューイが小さく呟いた。

「……父さん」

えっ、あれがデューイの父親、あの赤ら顔おデブ千鳥足男が!?　似てない！　いやよくよく見れば……痩《や》せれば少しは似ているのか？

でもデューイのきちんとした雰囲気と、見たところだらしなさ全開の酔っ払いではあまりに違いすぎた。

「おい、父さん、デューイを待ってたってどういうことだよ？　この手紙は父さんが出したのかよ」

デューイ兄が、そう言って父親に詰め寄っていった。

その表情は非常に険しいが、父親はそんなこと気にもならないようで、

「ああ、そうだ。最近、酒場のつけが溜《た》まってきて酒が飲めなくなってな。優秀な息子に用立ててもらおうと思って呼んだんだ。義理堅いデューイならベルあたりが病気と書けばすぐ来てくれると思ったが、さすが俺の息子だ」

へらへらしながらそう言った。

そして千鳥足でデューイの元へと向かい、デューイの肩をボンボンと強めに叩《たた》きながら言う。

「そういう訳で金がいるんだ。お前は高給取りだから毎月送ってくれてるだろ。もう少し用立ててくれやぁ」

大きな男に肩を叩かれ、身体を揺らしながらデューイは顔を顰め、

「……毎月の仕送りはきょうだいへ送っているものだよ」

と言った。その顔には怒りが浮かんでいる。

デューイって仕送りしていたのねと驚いた私は、デューイの兄が私と同じように驚いた表情

になっているのに気が付く。

どうやらデューイの兄も仕送りの事実を知らなかったようだ。

デューイはきょうだいへ送ったと言っているが、それを父親が先に取っていたのだろう。なんてやつだ。

しかし、父親の方はデューイの怒りなんて気にすることなくへらへらしていた。

「子どものもんは俺のもんだろう。しかし、あれだけじゃあ、すぐになくなるんだよ。今後からはもう少し――」

父親がそう言いかけたが、それを遮るようにデューイの兄が父親に詰め寄り、その腕を掴《つか》んで引きずっていった。小柄であるのにかなり力があるようだ。

「おぃ、ロニー、おめぇ、なにすんだよ。おれはデューイに大事な話が――」

父親は引きずられながらも何かわめいていたが、デューイの兄、今の父親の発言から判断するに名はロニー、彼は有無を言わせず父親を家の中へと押し込めた。そしてドアが開かないようにそこに立ちはだかった。

中からはドアをバンバンと激しく叩く音と、「父親に対してこの態度はなんなんだ」と怒鳴り散らす声が聞こえてきていた。

そんな騒がしさを無視して、デューイの兄、ロニーはデューイに向かって声を張り上げた。

「……聞いた通りだ。この通りうちには病人なんていない。わかったらさっさと帰れ」

冷たく突き放すような言葉と態度を受けたデューイだが、家の中から響く怒声の方へ目を向

けて、

「……だけど」

と躊躇う様子を見せる。しかし、そんなデューイをロニーは、

「この家を出て行ったお前にはもう関係ないことだ。お前は二度とここには戻ってくるな。お前は――さっさとどっかいっちまえ！」

そう言って怒鳴りつけた。

その剣幕にデューイはびくりとなり、やがてあきらめたようにうなだれると、私たちの方へと歩んできた。

「見苦しいものをお見せしてしまい。すみませんでした。もう用は済みましたので、帰りましょう」

と言い、スタスタと家から離れて行った。

「あっ、でも……」

口を開きかけた私の肩に、ラーナが手を置いて首を横に振った。

私はこくんと頷いてデューイに続いた。

しばらくデューイを先頭に無言で歩き、止めていた馬車の元へ着いた。するとデューイが、くるりと振り返り、

「あの、少し用事を思い出したので皆さんは先にお帰りください。僕はあとで乗り合い馬車で帰りますので」

そう言うと、来た道路とは違う道へと素早く駆けて行ってしまった。

あっという間の出来事で気付けば、デューイの背中は小さくなっていた。

「……あの、私、気になるのでデューイを見てきます」

マリアがそう言った。

それはそうだ。あんなに切なそうで今にも泣きだしそうなデューイを一人残してさっさと帰れるわけもない。

「わかった。私たちもまだやることがあるので残る。マリアはしっかりデューイを見てやってくれ」

ラーナがそう言い、マリアはこくりと頷くとデューイの後を追った。

そうしてマリアのことも見送り、私とラーナは二人になった。

「あの、ラーナ様、やることってなんですか？」

私がつい先ほど雰囲気的に口に出せなかった疑問を口にすると、ラーナはにやりとして、

「せっかくだから、デューイ・パーシーのご家族には、ちゃんと挨拶しておこうと思ってな」

そう言った。

『ちゃんと挨拶する』と口にしながらその顔はどう見ても悪だくみしている顔だ。

これはただ挨拶に行くわけではなさそうだ。というかたぶん碌《ろく》でもないことをしそう。

だけど、馬車の中できょうだいのことを思い心配そうに顔を曇らせていたデューイと、そんなデューイの思いをせせら笑うようなあの父親の態度を考えれば、ラーナが何かしでかすのも

ありだなと思えた。

それくらいには私もあの父親に腹を立てていた。

「じゃあ、行くぞ」

そう言ってきた道をスタスタと戻っていくラーナの後ろに私も続いた。


デューイの家に再び近づいていくと、怒鳴り声が聞こえてきて、私たちは速足になった。

なんだか悪い予感がした。家の様子が見えるくらい近づくとその予感が当たったことがわかった。

先ほどの酔っ払った父親が、デューイの兄、ロニーを怒鳴りつけながら暴力をふるっていたのだ。

その巨体でロニーをはり倒し、そして足でけり上げている。

「やめて!!!」

私がそう大声で叫ぶと、一瞬、父親の動きが止まる。そこへ、ラーナが風の魔法を放ち、父親を後方へと吹っ飛ばした。

風に吹っ飛ばされ、身体を家に打ち付けられた父親はうめき声をあげてそのまま気絶したようだ。ラーナがかなり本気を出したようだ。

ラーナはそのまま父親を確認しに行ったので、私は、地面に転がったままのロニーの元へと駆け寄った。

　周りでは先ほどはいなかったおそらくデューイより小さな子どもたちが目に涙をためて立ち尽くしていた。おそらく彼らもきょうだいなのだろう。

　近づいてみればロニーの頬は腫れあがっていた。殴られてもいたのだろう。

　近寄った私の気配に気付いたロニーは、

「……あの男はどうしたんだ？」

と私に聞いてきた。

　おそらく殴られていたのでラーナが魔法を使ったのがわからなかったみたいだ。

　魔法はほとんど貴族しか使えないし、みだりに使ってはいけないことになっている。

　状況的にしかたなかったが、気付かなかったなら気付かないでいてもらった方がいいかもしれない。

「突風でよろけて、家にぶつかって気絶したみたいよ」

　私がそう説明すると、ロニーは、

「……そうか」

とあっさり納得した。

　普段からあれだけ酔っ払っているのなら、よくあることなのかもしれない。

　そこでロニーの口から血がだらりと流れ出た。殴られた時に口の中を切ってしまったのかもしれない。

に振った。


「大丈夫？　これ使って」

私は持っていたハンカチを差し出した。しかし、ロニーはハンカチをちらりと見ると首を横に振った。

「……いらねぇ。それ汚しちまうから」

「えっ、でもハンカチは汚れるもので」

私が驚いてそう返すと、ロニーはなんだか悲しそうな目を向けてきた。

「……俺なんかにはこのハンカチは綺麗すぎる。こんなのこうすればいいだけだ」

そう言ってロニーはドロドロの服の袖《そで》で口をぬぐった。

袖口は真《ま》っ赤《か》に染まった。

ロニーが口にした『俺なんか』という発言はまさにデューイが何度かしていたものと同じ意味で、何だかそれはこのきょうだいの境遇がそう言わせているように思えた。

私がなんと返せばいいのか迷っていると、ロニーは一人ですくりと立ち上がり、

「こんなところ、あんたらのようなちゃんとした人間はもう来るな。デューイにもそう伝えておいてくれ、ついでに仕送りとやらも、もうやめろって言っといてくれ」

そう言うとロニーはちらりと父親に目をやった。父親はまだ伸びたままだ。

「……起きて暴れたら面倒だから、お前らはまた見つかんないように隠れとけ」

ロニーは周りにいる小さなきょうだいたちに向かってそう言うと、

「仕事行ってくる」

と告げ、服の泥を少しはらうと歩いて行ってしまった。

傷の手当てもしていないし、服もドロドロで足も痛めたのか、少し引きずっている。

こんな状態で仕事なんて！

「手当てをしないと」

私はそう呼び止めたが、ロニーはその背で拒絶し、そのまま歩いて行く。

これは絶対に追いかけても無視されるとわかった。それにあそこまで本気で拒絶する人に手当てするのは難しいだろう。

どうしたらいいのだろうと途方に暮れていると、後ろからううっといううめき声が聞こえてきた。

振り返れば、あの父親が目を開けようとしていた。

まずい起きてしまったじゃないか。

「……いってぇな。なんだったんだ。今のは」

そう言ってぶつけた頭を押さえながら、起き上がろうとする父親に、横で様子を見ていたラーナが声をかけた。

「おお、酔っ払いが目を覚ましたか」

目覚めて早々にそんな言葉をかけられた父親は「あぁ」とドスの効いた声を出した。

顔は赤ら顔の酔っ払いだが、縦も横も大きな結構な大男の怒りをにじませた視線に少し背がざわりとする。

でかいだけでなく、あのロニーに躊躇《ちゅうちょ》なく殴りかかっている様子は普段から暴力を扱いなれているのがうかがえたからだ。

大きなお腹《なか》に血色のいい肌、きっとたくさん食べているのだろう。お酒もどれだけ飲めばこんなに酒臭くなるのだろう。

子どもたちはロニーを筆頭に皆、小柄で痩せている。きっと食事を満足に食べていないのだろう。

そう思うと私の中で沸々と燃えるような怒りが湧いてきた。

「なんでこんなことするの。子どもに暴力をふるうなんて」

気付けばそう言って男を睨《にら》みつけていた。

「あぁ、突然、なんなんだ。おまえらは。俺が、俺の子ども《もの》をどう扱おうと関係ねぇだろうが、どけ」

男はいらだったようにそう吐き捨てると、家の周りに向かって大声をあげた。

「おい、ガキども。こそこそしてないで出てこい。お父様のケガの手当てをしろ。それから酒代が足りねぇから持ってこい」

先ほどまで涙目を浮かべていた子どもたちはロニーに言われた通りにそれぞれ隠れたようで姿は見えなかった。

男が大声をあげても出てくる様子はなかった。すると男は大きく舌打ちして、家をドンと強く叩いた。

「出て来いって言ってんだろう。ガキどもが！　さっさと出て来ねぇといつもより殴るぞ、こら」

その大声に少し離れた木の陰から泣き声が聞こえた。

まだ幼稚園くらいの小さな子どもを守るようにして、小学校中学年くらいの少女が姿を現しこちらへ歩いてきた。

その姿はすべてをあきらめているようで切なくなった。

「ったく、言われたらすぐ出て来いよ。たらたらしてるんじゃねぇよ」

男はその腕を振り上げ、少女の頬へと下ろそうとした。

まさかここにきてまた手をあげるなんて、私は固まったまま何もできずにいたが……男の腕は止まっていた。風に巻き上げられて。

気が付けば男の腕だけを竜巻のような風が巻き上げていた。

「いい加減にしろ」

ラーナの冷たい声が響いた。

私は男の所業に強い怒りを感じていたが、ラーナの湧き上がるような怒りのオーラにしばしぽかんとしてしまった。

ラーナはいつも飄々《ひょうひょう》としており、これほどまでに怒った姿など一度も目にしたことがなかった。

まるで能面のように表情をなくした顔でラーナは言った。

「一つ大事なことを教えてやるクズ男。子どもはな、お前の道具じゃないんだよ。一人の人間なんだよ。好きに扱っていい存在なんかじゃないんだよ」

すぐに冷え切った目をしたラーナから風が吹き荒れ、そのまま男へ突っ込んでいった。男はうめき声をあげそのまま地面に伏し、ぴくりとも動かなくなった。

子どもたちも私もその光景を、目を丸くしてただ突っ立って見守るしかなかった。

これは完全に伸びてしまっている。ラーナがここまで強く魔法を叩きこんだのを初めてみた。犯罪者のごろつき相手でもここまでしていなかったのに、どうしたのだろう。

呆然《ぼうぜん》としながらもそんなことを考えていたが、そこで私ははっと正気に返り、ラーナに問いかけた。

「あの、こんなに魔法を使って大丈夫ですか?」

いくら子どもに暴力をふるっていた最低男とはいえ、民間人にここまでしっかり魔法を使うのはまずい気がする。

私の問いにいつの間にかすっかり怒りオーラが消失したラーナは少し考えこみ、

「内々に処理するので連絡してくる。こいつは一日は伸びたままだろうから、とりあえずそのままにしておいてくれ」

と言い残しどこかへ消えていった。

いや、この状態で残されてどうすればいいの。まぁ、ラーナ曰《いわ》く暴力男は一日は起きないらしいから安心ではあるが。

「大丈夫？」

私はとりあえず、小さな子どもをかばうように立つ少女にそう声をかけた。

少女はびくりと肩を揺らした。そして、

「……はい」

とか細い声で答えた。

怯《おび》えきっているその様子に切なくなる。きっと日常的に暴力を振るわれてきたのだろう。

「さっきのお姉さんがきっと色々としてくれるから安心して」

ラーナのあの感じだと、この子どもたちをそのままにしておくはずはないと思えた。きっと何か手を打ってくれるはずだ。駄目なら私がすればいい。

安心させようと笑顔を作ると、少女のこわばっていた顔が少し緩む。

すると、少女は今度はなにやら考える素振りを見せると、おずおずと口を開いた。

「あの、お姉さんたちはデューイ兄ちゃんの知り合いなの？」

おお、やっぱりこの子はデューイの妹なんだ。顔だちもどことなく似ているものね。

「そうだよ。職場の仲間なんだよ。あなたはさっき、私たちが訪ねて来た時にもいたの？」

そう尋ねるとデューイの妹はこくんと頷いた。

「家の中から見てたの」

「そっか、せっかくだから出てきてくれればよかったのに、デューイも会いたかったと思うよ。というかデューイはまだ帰っていないからもう一度、呼んでこようか」

私がそう言うと、デューイの妹はうつむいて首を横に振った。

「……駄目、ロニー兄ちゃんに怒られるから」

「えっ、ロニー兄ちゃんってさっき殴られていた人だよね。なんで怒られるの？」

私が驚いて聞き返すと、デューイの妹は悲しそうな顔になって、

「デューイ兄ちゃんは私たちとは違うから、もう会ったり話したりしちゃ駄目だって」

そう言った。

確かにロニーはデューイにもう来るなと口にしていた。おそらく他のきょうだいたちにもそう言い聞かせているのだろう。だけど、

「お兄さんに怒られるというのをとりあえず置いておくとどうかな。あなたはデューイにはもう会いたくない？」

私ができるだけ穏やかに優しく尋ねるとデューイの妹は、目を見開いた。そして、

「……わ、わたし、本当はデューイ兄ちゃんに会いたい。話したいよ。デューイ兄ちゃんは優しくて、素敵なお話もたくさん知ってて、大好きなんだもん」

そう言うと目に涙を浮かべた。

私はその小さな頭をゆっくり撫《な》でた。

ロニーに言われた手前、我慢していたのだろう。そしてここにはそういった気持ちを聞いてくれる人がいなかったのだろう。

私がデューイの仲間だと名乗ったことで気を許してくれたのもあると思うが、デューイの妹

はボタボタと涙を流し始めた。

震える小さな身体があまりに切なくて、私はそっとデューイの妹の身体を抱きしめた。

初めはびくりとしたけど、その後は私の腕の中に身を任せしゃくりあげるように泣いた。

デューイの妹を抱きしめ、落ち着くのを見守りながら、私はデューイとロニーのことを考えていた。

ロニーは口ではデューイをはっきり拒絶して、またきょうだいにもそうするように言い聞かせている。

それだけ見るとロニーはデューイのことを疎んでいるように見えたが……でも、実際に見た二人のやり取りを見ると――。

そうして考えているうちにデューイの妹の涙も止まった。

「……ありがとう」

デューイの妹はどこか恥ずかしそうにそうお礼を言ってきた。

「いえいえ」

私はもう一度、デューイの妹の小さな頭を撫でた。

そこでじっと羨ましそうに私を見つめる何対かの目に気付いた。

いつの間にかデューイのきょうだいたちがそれぞれ隠れた場所から出てきていたようだ。

ここにいる中ではこの妹が一番の年嵩《としかさ》だったのだろう。皆、小学生の低学年くらいに見える。

「皆も撫でて欲しいの？」

そう問うと、皆がこくりと頷いた。

デューイの妹がまた恥ずかしそうに、

「デューイ兄ちゃんはよく撫でてくれてたんだけど、ロニー兄ちゃんはそういうことはしてくれないから……その」

そう言った。

「そっか、じゃあ、いっぱい撫でてあげる」

私はそう言うと順番に皆の頭を撫でた。皆、嬉《うれ》しそうな顔になった。

全員を撫で終わると、私はデューイの妹に言った。

「私、やっぱりロニーお兄ちゃんともちゃんと話したくなったわ。お仕事の場所を教えてもらってもいい?」

「ロニー兄ちゃんと話?」

「うん。デューイについての話」

「でもロニー兄ちゃんは……」

続きはおそらく『デューイをよく思ってない』という言葉だろう。口を濁らす、デューイの妹に私は言った。

「そのこともちゃんと聞いてみないとわからないからね」

自分でない人の気持ちなんて、ちゃんと聞いてみないとわかるわけないのだ。それがたとえ身内だとしても、違う人間なのだからそれは同じことだ。

力強く言った私にデューイの妹は目を瞬かせた後、こくりと頷き、ロニーの仕事場だという場所を教えてくれた。

連絡を終えたのだろう戻ってきたラーナに後を任せ、私はロニーの仕事場だというところへ向かった。

第四章　きょうだいそれぞれの思い

僕、デューイ・パーシーは子どもばかりたくさん産み、その子どもの稼いだ金で遊び歩く両親の元で育った。

家は貧しくボロボロの服を纏《まと》い、いつも腹を空かせていた。

物心つく頃《ころ》には家で内職の仕事をさせられていた。上手《うま》くできなければ『役立たず、使えないガキだ』と両親に殴られた。

もっと幼い頃にはいた年長の兄姉たちはいつの間にかフラッといなくなっていた。

こんな暮らしに愛想をつかし出て行ったのだろう。

識字率の高いこのソルシエで読み書きも習わせてもらえなかった兄姉たちはその後、まともな仕事につけたのだろうか、もうまったく音沙汰《おとさた》はなかった。

気が付けば、きょうだいをまとめるのは五つ年上の兄、ロニーの役目になっていた。

ロニーは他の兄姉のようにふらりと出て行くことなく、我慢強く僕たちの面倒を見てくれた。口はよくないが、面倒見のよいロニーは、密《ひそ》かに自らの食事を減らして弟妹たちに分け与えたりしていた。

そんな兄を尊敬していた。そして力になりたかった。

父母のようになるつもりは絶対になく、しかしフラリと出て行った兄姉のように何もできないことも嫌だった。

このひどい生活から抜け出したかった。それにきょうだいたちも抜け出させたかった。

貧しさを抜け出すにはいい仕事に就く必要がある。

そのために学ばなくてはいけないのは明白だった。

僕は『家の仕事もちゃんとするから』ときょうだいたちに頼み込み、一人学校へ通い始めた。

なんとか譲ってもらった教科書を手に、ボロボロの服で馬鹿《ばか》にされながらも学校へ通い続けた。

睡眠時間を削り、家の仕事もしながら必死に努力し学んだ。

その甲斐《かい》があり、僕は学校では飛び級し、国で最難関と言われる試験を通りソルシエで一番の就職先であると言われる魔法省への入省を果たすことに成功した。

合格を知った時には人生で一番喜んだ。

そうして就職し、家を出て魔法省の寮へと移っての生活が始まった。

初めて仕事の給与が入ると、すぐその金のほとんどをロニー宛に家へと送った。それできょうだいの生活がよくなるようにと信じて。

しかし今日《きょう》、そうして送り続けていたお金はロニーの手に渡ることなく、すべて父親に搾取《さくしゅ》され、彼が遊ぶ代金に化けていたのだと知った。いや半分は母親の遊ぶ金になっているのかもしれないが、どちらにしろきょうだいたちには一銭も渡っていないのは事実だ。

慣れない仕事で忙しいからと、お金だけを送り、実際に家に顔を見せなかったことがあだとなっていた。

いや、休みはきちんとあったのに、帰らなかったのだ。

魔法省の寮は快適で食事も美味《おい》しくて、用意されている部屋も綺麗《きれい》で布団も暖かい。

腹を空かせ、汚いボロ切れの布を巻いて冷たい床で眠らなくてよい。何より理不尽に暴力を振るわれることのない生活は本当に快適だった。

いつしか家に帰りたいとは思えなくなっていた。またあの父親に殴られるのが嫌だったのだ。

結局、僕も他《ほか》の出て行った兄姉たちと同じだったのだ。自分が良ければそれでよくて、皆を捨てた。

だからロニーももう帰ってくるなと言ったのだろう。

当たり前の結果だ。だから涙なんか流していいわけない。自業自得だ。自分のせいなんだ。

そうして落ちそうになる涙をこらえていた時だった。

「デューイ」

突然かけられたその声に、僕はびくりと身体《からだ》を揺らした。

よく聞き覚えのある声、振り返らなくてもすぐに誰《だれ》のものだかわかった。

僕の憧《あこが》れの人、マリア・キャンベル。

平民でありながら強い光の魔力を持つ非常に稀有《けう》な存在である彼女を僕が知ったのはいつ頃だっただろうか。

同じ町の子どもなのに、自分とは違いなんて恵まれた人物なんだろうとずっと彼女を妬《ねた》ましく思っていた。

それが僕の思い込みでしかなく、本当は彼女も色々と苦労していたと知ったのはしばらく経《た》ってからだ。

平民で魔力を持っていたことにより奇異な目で見られ、学園では嫌がらせも受けていたらしいと噂《うわさ》好きの者たちが話しているのを耳にした。

『私も一人で頑張らなきゃと気を張ってきたから』

そう少し切なそうに言った彼女の顔を忘れた日はない。

それでも、そんな風に大変なことがたくさんあっても彼女は優しく微笑《ほほえ》むのだ。

奇異の目を向けられているという町にも休みになれば帰っていく。まっすぐに前を向いて。

そんな強く優しいマリアに、強く惹《ひ》かれる。

それと同時に釣り合わなすぎる自分が嫌になる。

きょうだいたちをあの生活から助けたいなどと思いながらも、自分だけ安穏といい生活をして、逃げた僕なんかとても彼女の傍《そば》にいられない。

「デューイ、大丈夫？」

あの場で、用事があるなんて嘘《うそ》だってバレバレで心配して様子を見に来てくれたこともよくわかっている。

かけられた優しい声にすがってしまいたくなる。

だけど、僕はこんな素敵な人にすがってよい人間ではないから……溜《た》まっていた涙をぬぐう

と僕は振り返り、

「はい。大丈夫です。少し動揺してしまって、すみません。でもよく考えれば僕はきょうだいを捨てて一人、出て行った人間なのであのように言われるのも当然なんです。皆さんに変な場面を見せてしまい、すみませんでした」

そう言って頭を下げた。

顔はあげられず、もちろんマリアの顔も見られない。

「僕はさっき言った通り、乗り合い馬車で帰るので、マリアは先に馬車で帰って——」

そう言いかけた時、ぐっと腕を取られ——気が付けば、温かな胸の中にいた。

「私、前にも言ったよね。一人で頑張らないでって。頼ってねって」

背を優しい手が撫《な》でていく。

「無理しないで、泣きたい時は泣いた方がいいのよ。涙がつらさを少しだけもっていってくれるわ」

優しい声に我慢していた涙がボロボロと流れていった。

こんなに泣いて恥ずかしいそんな風に思うのに、優しく誰かに抱きしめられたのが初めてで胸は温かくなっていく。

しばらく涙をボロボロと流したら、マリアが言ったように本当に少しだけ心が軽くなったように思えた。

そうして少し落ち着いてくると今度はこの状況の恥ずかしさに気付いた。というかよく考え

たらこのふんわりと当たっているやわらかいものは……いや、これは考えてはいけないやつだ。考えるな、考えるなと思うほど考えてしまう。

駄目だ。色々とまずい気がする。

「も、もう大丈夫なので離してください」

色々と限界になった僕はそう訴え、マリアの胸、いや腕の中から抜け出した。

顔はきっと赤くなっている気がしたが、でもさきほどまでの悲壮な気持ちはなくなっていた。

そんな僕を見て、マリアが微笑んだ。

「うん。そうだね。大丈夫そう」

「……はい」

憧れている女性にこんな風に慰められて嬉《うれ》しいやら恥ずかしいやらで、ひどく複雑な気持ちだ。

「じゃあ、大丈夫になったところでひとつ提案があるんだけどいいかな？」

マリアはそう言って僕の目を覗《のぞ》き込んだ。

「……は、はい」

綺麗な青い目にじっと見られてまた顔に熱が集まってくる。

「あのね。さっきのお兄さんともう一度、ちゃんと話してみない？」

「えっ⁉」

それは思ってもいなかった言葉で僕は固まってしまう。

優しいマリアなら『あれだけ拒否されたのなら、もう関わらないでおきましょう』とでも言うと思ったのだ。

「……でも、僕は家族を捨てたから、もう来るなと言われたし……」

僕がそう口にすると、マリアはぴしりと人差し指を立てた。

「そう。それなんだけどデューイは別に家族を捨ててないよね。仕送りもしていたし、今日も手紙をもらったらすぐに駆け付けてきたし」

「……でも、これまでずっと家に帰ってきていなかったし……」

「ずっとと言ってもまだ半年くらいでしょう。仕事も始まったばかりでバタバタしていたし、休みの日も仕事の勉強をしなくてはいけないことも多かったでしょう」

「……それはそうでしたけど……」

でももう少し頑張れば家に帰ってくる時間くらいは取れた。それでも僕はそれを選ばなかった。

「それにね。お兄さんもなんであんな風に言ったのかわからないじゃない」

「いえ、兄は僕が家を捨てて出て行ったから……」

「捨ててないでしょう。それからデューイはお兄さんの気持ちを勝手に想像しているだけで、本当のところはわからないじゃない。だってちゃんと話をしていないんだから」

マリアはそう言うと、ふふふと小さく笑った。

「これはある人の受け売りなんだけど、たとえ家族でも違う人間なんだからちゃんと話してみないとその人の考えていることなんてわからない。その人のことを知りたいならしっかり話をしてみなきゃ駄目だって」

話し方を真似《まね》たつもりなのだろう。マリアの後ろにあの型破りな公爵令嬢が見えて、少しだけ笑ってしまった。

そしてその通りだなと思った。今までも同じ家族でありながら、ただ日々を過ごすだけで精一杯でロニー兄ちゃんときちんと話したことはなかった。

ぶっきらぼうで口は悪いけど、面倒見はいいロニー兄ちゃんがなんであんな風に言ったのか、ちゃんと話をしてみよう。ここで逃げては駄目だ。

そう思えてはきたけど、なかなかあと一歩、気持ちを奮い立たせられない僕にマリアが最後に、

「私も一緒に行くから」

と言ってくれたのが決定打となり、僕はもう一度、来た道を戻り始めた。世界一素敵な女性とともに。

★★★★★

「う〜ん。たぶん、道は間違っていないと思うんだけど」

私はデューイの妹に聞いた通りにロニーの仕事場への道を進んできたのだが、なかなか目的地に辿《たど》りつかず少し不安になっていた。

緑豊かな道だが、まったく人気がないので尋ねることもできない。

特に方向音痴ではないのだが、それでも、『道を聞けばどこでもすっと行けるわ』と言えるほど得意ではないのだ。

この町もマリアの家までならだいたいわかるようにはなったけど、他《ほか》はまださっぱりだ。

ロニーの仕事場である場所も行ったことはなかった。というかこんな緑豊かというかほぼ森の中みたいな場所にこんな道があることも知らなかった。

「ロニーがあの足でも行ける距離なら、そう遠くないと思ったのに……」

むしろロニーはあのケガした足で、石ころだらけでほとんど整備されていないこんな道を歩いているならなんだか切ない。

そんな風に考えながらも、足行きのいいとは言えない道をスタスタ歩いていくとようやく道の先に、先ほど見送った後ろ姿を発見できた。

よかった。道は合っていたんだ。

それにやはり足が痛むのだろう歩みが遅かったようで、少し速足できたら追いつくことができた。

私はその後ろ姿に駆け寄り声をかけた。

「ロニーさん」

声に振り返ったロニーが明らかにぎょっとした。

「あ、あんたなんで」

「あの、もう少し、ロニーさんと話をしたくて」

私がそう言うとロニーは目に見えて怪訝《けげん》な顔をした。

「はぁ、なんであんたが。というか俺はこれから仕事に行かなきゃならねぇんだけど。話なんかしている暇はねぇよ」

「でも妹さんに聞いたんですけど、お仕事かなりの肉体労働ですよね。その身体じゃあ、無理だと思うんですけど」

私がそう言うと、ロニーは不快そうに顔を歪《ゆが》め舌打ちした。

「ちっ、あいつ余計なことを……その通りではあるが一応、行ってみてできそうなことないか聞いてみんだよ。うちにはとにかく金がねぇんだ。俺《おれ》が稼がなきゃガキどもの食うもんも買えねぇんだよ」

「ということはイチかバチか行ってみるだけなんですね。じゃあ、無理しないで休みましょう。ケガが治りませんよ。欠勤を伝えなくてはいけないなら、私が行きましょうか？」

「……いや、だからお前、話を聞いてたか、俺は日雇いだし休んだら金がもらえないんだよ。そう簡単には休めねぇんだよ」

「でも無理してケガが悪化したらもっと働けなくなりますよ。どうしてもすぐにお金がいるようならデューイに相談すればいいじゃないですか？　デューイも頼りにされれば喜びますよ」

　私がそう言うとロニーは眉《まゆ》を寄せた。

「……デューイはもう家を出て行った人間だ。俺らとは関係ない」

　ぶっきらぼうにそう答えたロニーに、私はここに来るまでのデューイの様子を話す。

「でもデューイはここに来るまで、家族のことをすごく心配していましたよ」

「……あいつ」

　そう呟《つぶや》いたロニーの顔が一瞬、やるせないようなものになる。

　これはやっぱり——。

「ロニーさんはデューイのことをすごく大事に思っているんですね」

　私がそう言うと、ロニーが顔を顰《しか》める。

「はぁ、あんた何言ってんだ？　俺はあいつにもう家を出て行ったやつは他人だから関わるなって言ったはずだぞ」

「はい。つまり家にはもう関わらないでいいから自由に生きていいよってことですよね」

　私にはあの時のロニーの言葉はそうとしか聞こえなかった。

「いや、どう聞いたらそうなるんだよ！」

「あの時のあなたの様子や、今の様子からデューイを大事に思っているのがよくわかったので、つまりはそういうことなんだなと」

　私がきっぱりとそう言い切って、確信を持った目でじっとロニーを見つめると、彼は目を見開きやがてバツが悪そうな顔になり頭をがりがりとかいた。

「……それはデューイが言っていたのか？」

「いえ、私が見て感じただけです。デューイは言葉の意味そのままに受け止めてショックを受けているようでした」

私がそう答えると、ロニーは、ほっと安心したようなそれでいてどこか切なそうな顔をした。そして、

「ならデューイにはあんたの意見は伝えずにそのままにしておいてくれ」

そう言った。

「なぜですか？　デューイは大切な家族にあんな言葉を言われて傷ついていましたよ。恥ずかしがってないで、素直に言ってあげたほうがいいですよ」

「いや、誰が恥ずかしがってるだよ！」

「えっ、違うんですか？」

てっきりキャラ的に恥ずかしいのかと思っていた。ロニーはいかにもツンデレっぽいし。

「ちげぇよ！　……俺は、あいつの負担になりたくねぇんだよ」

「負担って？」

「あんたも見ただろうちの父親、完全なクズだ。俺らが稼いだ金も隙《すき》あれば奪っていって飲んだくれて暴力ふるって、母親も同じようなもんだ。だからうちはいつも金がなくて、ボロボロで今にも崩れそうな小屋に皆で縮こまって暮らしてる。学校にも行ってねぇから字も読めねぇ

で碌《ろく》なところで働けねぇ。俺も、上のやつらも皆そんなだ。こんな家族、せっかく魔法省に勤めることができた弟の負担でしかねぇよ」

「……そんなこと……」

ないと続ける前にロニーがポツリと口にした。

「あいつは、デューイは俺たちの希望なんだよ」

そしてロニーは穏やかで誇らしそうな顔で語った。

「デューイはほんの小さい頃から頭がよくて気も利いてさ。学校へ入る前からなんとなくで文字もかなり読めるようになってた。だからデューイが学校へ行きたいと言ってきた時はそうすべきだって強く思った。家での仕事もしながらデューイは必死に学校へ行った。それは努力してたのをよく知ってる。そうして行ってみればその辺のやつらよりよっぽど優秀で飛び級までしたんだ。俺は本当に誇らしかった。おまけに学校からの推薦で魔法省の試験を受けて見事に合格した。デューイという弟を持ったことが俺の、俺たちきょうだいの誇りなんだ」

本当に誇らしそうに嬉しそうに語るロニーからはデューイへの深い愛が感じられた。

「だからそんなデューイの負担になりたくねぇんだよ。あいつには俺らみたいな駄目なやつらのことは忘れて輝いてて欲しいんだよ」

ロニーは切なそうに唇を上げた。

その顔を見て私の口が開く。

「……あの、ロニーさんも、他のごきょうだいもダメなんかじゃないと思います」

「俺は文字も読めなきゃ計算も碌にできねぇんだぜ。あの父親と変わんねぇクズだよ」

ロニーは自嘲《じちょう》するようにそう言う。

「お父さんはともかくロニーさんはクズなんかじゃあありませんよ。字が読めるとか計算が得意なことは確かにいいことです。世の中を生きやすくなります。でも、それだけが人の価値ではないです。きょうだいのために頑張るロニーさんは素晴らしい人だと私は思いますよ」

きょうだいの生活のためにケガを押しても仕事へ向かい、自分が嫌われてもいいときょうだいの幸せを願うような人を駄目な人間だなんていう人はいないと思う。

私の言葉にロニーは目を見開いて固まった。なんというか本当に驚いたというように。

もしかしたら、ラファエルが言っていたように、デューイやロニーはあの父親にずっとずっと否定され、お前は駄目だと言われてきたのかもしれない。

「……お、おれは――」

ロニーがようやく口を開いてくれようとしたその時だった。

「みいつけた～」

場違いな楽しそうな声が聞こえた。

道ではない森の中の方から黒いローブをきた女が、にやりと笑ってこちらへとかけてきた。

それは、孤児院訪問の際に出会った女性だった。

その後にラーナが教えてくれたその人物の名は――。

「……サラ」

私がそう呟くとサラは目を見開いた。

「その名前知ってたんだね」

「ある人から聞いたの。それより今日は何の用？」

私が警戒しつつそう尋ねると、サラはふふふと笑って、

「あなたに嫌がらせに来たの」

そう言った。

「はぁ？」

思わずそんな声が出てしまった。

だって意味がわからなさすぎる。

「いや、なんで私に嫌がらせ？　そもそも私たちってそんなに面識ないし、ちゃんと話したこともないよね」

私がそう聞き返すと、サラは少し考える素振りを見せて、

「うん。確かにその通りなんだけど、でも私、あなたのせいでどうもこの辺がむかむかもやもやするようになって気分が悪いのよ」

そう言ってサラは胸のあたりに手をおいた。

その顔はこれまでの作り物めいたものではなくなんだか小さい子が泣き出す前みたいに見えて、私はなんだか放っておけない感じになり、サラの方へと手を伸ばした。すると、

「……だからちょっといじめてあげる」

また作り物めいた顔に戻ったサラが、腕を振りあげて下ろした。

すると、そこからうねうねした黒い蛇のようなものが飛び出てきた。

なにあれ私の作った玩具《がんぐ》よりクオリティが高い！　などと変な感想が頭に浮かび咄嗟《とっさ》に反応が遅れた私を、

「危ない！」

と声を出してかばってくれたのは、ロニーだった。

そうしてサラの投げた黒い蛇もどきはロニーの腕に直撃した。

「……くっ」

ロニーが苦痛の声をあげた。

私ははっとなりロニーの腕に目をやる。

「ロニーさん、大丈夫？」

「たいしたことねぇよ。ぼーっとしてんじゃねぇよ。危ねぇだろう。というかなんなんだあいつ」

ロニーは腕を押さえながら、そんな風に言ったが、その顔は苦痛に歪んでおり、たいしたことないようにはとても見えない。

しかし、こんなさっき会ったばかりの人間まで体張って助けるなんてロニー、いい人すぎるよ。

「ごめんなさい。ちょっとした知り合いなんだけど、いつの間にか嫌われていたみたいで、腕を見せて」

私がすぐにロニーの腕を確認すると、黒い蛇が当たった部分には黒い痣《あざ》ができていた。

「げっ、なんだこれ」

ロニーが自らの腕を見て顔を顰める。

やはり、あの黒い蛇みたいなのは闇《やみ》の魔法だったようだ。

普通ではありえない状態になっている。この間の暗闇空間といいサラはどれだけ闇の魔法を使えるのだろう。

この間の暗闇空間と違ってこんな痣どうしていいのかわからない。それに――。

「ああ、外れちゃった」

と悲しそうな顔を作るサラが、これだけで帰ってくれるとは到底思えない。

「あの、ロニーさん。とりあえず、あの人が何するかわからないんで、ロニーさんは逃げてもらってもいいですか？」

私がそう言うと、ロニーは、首を横に振る。

「こんな危なそうなやつのところに一人でおいていけるはずないだろう」

やっぱり男気溢《あふ》れるいい人だロニー。でも、

「ありがとうございます。でも私もそれなりに自衛できるので大丈夫です。ただ長時間は厳しいかもなんでさっき私と一緒に家に行った魔法省の女性に連絡してきて欲しいんです」

私がそう告げるとロニーはしばし自分の状態を見て、

「あんたが自衛できるなら、この身体の俺じゃあかえって足手纏いになるな。さっきの一緒にいた女だな。わかった」

そう言うと、ロニーは来た道を戻っていく。素早い判断力と行動力、ロニーは優しいだけでなくできる人でもあるみたいだ。

私は必死にかけていくその背に、

「その時、その手も診てもらってください」

と声をかけると腕を軽く上げて答えてくれた。

うん。これでよし。私はサラに向き合った。

「あら、また逃がしてあげたの。あなたって優しいのね」

サラがニコニコした顔で、冷たい声でそう言った。

作られた表情に声色、この人は本質が見えない。

さっきは一瞬だけ素が見えたような気がしたのだけど、それもすぐに作られた顔に戻ってしまっていた。

「あのね。私、あなたと――」

私が口を開きかけると同時に、サラは、

「でも、そんなところもなんだか嫌い」

そう言って再び腕を振った。

すると前と同じ黒い靄《もや》がサラから溢れ出て私の周りを包みこんだ。

森のさざめきも風の音も、すべて消えて音がなくなり目の前が真っ暗になる。

ああ、これは前と同じ魔法だ。真っ暗な暗闇に閉じ込められたあの魔法。

あの時は突然の暗闇に戸惑い強く恐怖した。

あそこの場にジオルドとキースがいてくれなかったら、きっとあのままこの暗闇からは出ることができなかっただろう。

でも、もう今の私は大丈夫だ。

この闇からの脱出の仕方も知っている。

私は髑髏《どくろ》ステッキをイメージした。これももう慣れたものだ。すぐにすっと手に杖《つえ》の感触がする。うん。きたわ。私は杖をぎゅっと握った。

そして杖を振り、闇をしまうようにイメージした。

小さな光の丸が闇の中にポツンと現れて、やがてその中にシュルシュルと闇が吸い込まれていく。

うん。ちゃんとできた。光はそのまま闇を吸い込んだ。

最後の闇がシュルンと丸に吸い込まれると、世界に音が戻り、目の前には顔を大きく歪めたサラが立っていた。

「本当に、こんなに簡単に破ってしまうのね」

サラは悔しそうにそう言った。そして、

「なら、次は――」

と手を振り上げる。

振り下ろされればまた何か魔法がくる。

そう思った私は、その手が振り下ろされる前にダッシュで彼女の元へ行く。距離はそう遠くなかったからすぐに辿りつく。

私はサラのあげられた腕を取った。その腕は思った以上に細くて切なくなる。

そして私は思っていたことを口にした。

「あのね。私、あなたとちゃんと話がしてみたいの」

「……な、なにを言っているの」

サラが驚いた顔をした。

その顔が作られたものじゃなくて、なんだか少しほっとして私は続ける。

「あなたは私が嫌いみたいだけど、私はあなたが嫌いじゃないの。なんだか気になるの。だからちゃんと話してみたい。あなたのことを知りたいの」

私はサラの腕を掴《つか》んだままそう一気に言った。

そして、サラをまっすぐ見ると彼女はその黒い目を見開いたまま固まっていた。

その表情はまるで小さな子どものようだった。

「あの」

私がまた声をかけようと口を開くと、サラは私の腕を強く払いのけた。

そして両手で黒のフードを深くかぶりなおすと、そのまままるで逃げるように出てきた森の中へとかけて行った。

その背中はなんだかすごく小さく見えた。

「……話、できなかったな」

私はしばらくサラの消えた森の方を見つめていた。

★★★★★★

今はサラという名で呼ばれる私は、がむしゃらに森の中をかけていた。

そうしていないとなんだか落ち着かなくて。胸がざわついて仕方なかった。

カタリナ・クラエス、今までも可笑《おか》しな女だとは思っていたけど、想像以上だと今日、わかった。

私と話してみたい。知りたい。そんなこと今まで言われたことない。なんなの。なんなのあの女は。

向けられた表情が穏やかなことにも心が荒れる。なんなの。あの目はあの顔は、あんな顔も目も向けられたことない。

いいや。遠い昔には、向けられたことがある。

父が家に帰ってこなくなるまでの母はあのように優しい顔で私を撫でてくれた。

父が消え、母が私を見なくなってからはあの男の子が優しく微笑んでくれた。

もっと昔には父も――。

暗闇の中に連れ去られ、心を守るために心を閉じた。すべてを考えず言われたままに、それまでのことなど忘れて生きていた。

それなのに、あの女のせいで記憶が、消していたはずの記憶が蘇《よみがえ》ってくる。


それは遠い日の記憶。


「……お母さん。ただい……」

そう言ってドアを開けると中には見知らぬ男たちがいた。

激しく動揺し、咄嗟に母の姿を探すと、男たちの先に横たわっている姿を見つけた。

「お母さん!?」

そうして思わず、近寄るとそこには目を見開いたまま横たわる母の姿があった。明らかにもう生きてはいなかった。

「――――」

私は声にならない声で叫んでいた。

そして私の中で何か爆発した。

身体が熱くなり、身体から熱が溢れ出てくる。

「おい。このガキ、魔力持ちだぞ！　ガキも始末するように言われてきたけどどうする？」

「魔力持ちなら使い道も多いな。とりあえず始末しないで連れていくぞ」

「こっちの女の死体はどうすんだ」

「バレないように処理しろとさ」

男たちがそんな風に口にしていた言葉は私に届くことはなかった。

私はただ声にならない声をあげ、自らの身体を抱きしめていた。

身体が熱いよ。お母さん。お母さん。

気付けば目の前に大きな影ができ、お腹《なか》に強い痛みを感じた。

薄れゆく視界の中、最後に脳裏によぎったのは以前の優しい母と、しばらく一緒に過ごした赤毛の男の子の優しい顔だった。


ずっとずっとこんな記憶忘れていたのに、どうして今さら、思い出してしまったのか。

よくわからない涙がボタボタと瞳《ひとみ》を伝っていく。涙などというものは、自分には流れないと思っていたのに。

心がざわつく。悲しい。恋しい。切ない。

今まで感じたことのない様々な感情を持て余し、私は必死に走った。

いつもの自分を取り戻すまで、木々や草に手や足、顔をすってそこから血が流れてもずっと走った。

★★★★★★★

森をしばらく見つめていた私は、はっと気が付いた。

こうしている場合ではなかった。

私が頼んだために口ニーが傷を負った状態で、ラーナを呼びに行ってくれているのだった。

『もう大丈夫だ』と早く伝えに行かなければ、ロニーに無理させてしまう。

私は来た道をダッシュで戻り始めた。

かなり急いだのだけど、ロニーを見つけたのはもうロニーたちの家からすぐというところだった。

私も息切れがひどいがロニーもひどい息切れで二人向き合ったまま、ぜーはーとしてしまう。

なんだか可笑しな構図だ。

ようやく息切れが治まったので、

「はぁはぁ、あの、ありがとう。私のために必死に走ってくれて」

私はそう言って頭を下げると、ロニーは、

「はぁはぁはぁ……全然、必死に走ってなんかねぇから、はぁはぁはぁ、気にすんな」

とまだ息を切らしながらそう答えてくれた。

足にもケガしているのにこんなに走ってくれて、さっきサラが黒い蛇を投げてきた時も、当然のようにかばってくれた。

赤の他人をこんな風にかばって助けようとしてくれるなんて、なんてすごい人なんだろう。

はっ、そうだ！

「ロニーさん、腕、腕見せてください」

私は先ほど、サラの攻撃を受け、黒い痣ができたロニーの腕を手に取った。そこには先ほどと同じ黒い痣がある。大きくはなっていないし、濃くもなっていないようだが、薄くも小さくもなっていない。

「……痛みはどうですか？」

そう尋ねると、ロニーは、

「大したことない」

とぶっきらぼうに答えるが、今、触った時に顔を歪めたのを見るにかなり痛いと思う。

これは一体どんな闇の魔法なのだろう。

「……私のせいですみません」

「……俺が勝手にしたことだ」

そんな風に言ってくれるが、でも私をかばったからケガしたのだ。ただでさえ父親に殴られてボロボロなのに。

マリアに見せれば光の魔力で治せるかしら？　光の魔力には治癒《ちゆ》の能力があるからそれでなんとかなるだろうか。でもキースの時の闇の呪《のろ》い？　みたいなのは駄目だったのよね。

この痣もあの時の呪いみたいに引きはがせればいいのに、そう思ってロニーの腕の痣に手を伸ばしてみるが、やはりはがせそうもない。

う～ん。はがせないなら吸い取るとかはどうかな。黒い靄みたいにすっと吸い取れないかな。

よし。ものは試しだ。

私はロニーに見えないようにそっと後ろ手に髑髏ステッキを出して振ってみた。闇を吸い取るようにイメージしながら――すると、

「はぁ、あれ、なんだ黒いのが浮き上がって……」

驚愕《きょうがく》するロニーの前で黒い痣は浮き上がって、私が後ろに出した黒丸に吸い込まれていった。

「なんなんだ！　これどういうことだ」

と声をあげるロニーの横で私は一人、魔法が成功したことを喜んでいた。

私、やればできる子だったんだ。すごいわ。私。

「おい、これはどうなってるんだよ！」

私が何かしたということをなんとなく察したのだろう。ロニーがそう問いかけてきたが、闇の魔法のことだから話せない。

何かよい言い訳を考えるが、思いつかず。

「え～と、その企業秘密で話せないんです」

そうそのまま伝えてしまったが、ロニーは、

「……そうかあんたも魔法省の職員だったな」

と一般的な魔法の何かと思ったようで納得してくれた。ロニーが、魔法に詳しくなくて助かった。

「あの、痣があったところ。痛みとかはどんなですか？」

痣は消せたけど、痛みとかはなくなったのかどうなのかを聞いてみると、

「それもなくなったな」

と答えが返ってきてほっと安心する。一応、マリアにもまた診てもらった方がいいだろうが、ひとまずは大丈夫そうだ。

「ただ他の怪我は私ではどうすることもできないので、他の人に診てもらいましょう」

闇の魔法でつけられたケガはなんとかできたけど、父親に殴られたケガはひどいままのロニーに私がそう告げると、

「……あとのは俺の自業自得だから、ほっといてくれ」

ロニーはそう言って首を横に振った。

「いや、そんなひどいケガしてる人放っておけないですよ。私のせいで無理もさせちゃったし、それにお父さんに殴られたのは自業自得ではないですよね」

あの状況から考えるにロニーはデューイにたかろうとする父親をデューイから引きはがしたからその怒りをかって殴られていたのだと思う。

そもそも暴力を振るう父親が問題外なのだが、どこをどう見ても自業自得ではない。

「……自業自得だよ。というかあんたは俺なんかに構ってないでもう帰ってくれ、他の仲間が待ってるだろう」

ロニーはまた拒絶を見せてきたが、今回は引くつもりはなかった。

「いえ、帰りません。ロニーさんが傷の手当てをさせてくれて、あとデューイとちゃんと話をするのを見届けるまで私は帰りませんから」

きっぱりとそう言うと、ロニーは口をぽかんと開けた。

「あんた。なんなんだよ。最初から。デューイにはもう会うつもりはないって言ってるだろう」

「自分の存在が負担になるからでしたっけ?」

「ああ、こんな無学で馬鹿な兄弟はあいつの邪魔になる」

「だからロニーさんは自分を貶《おとし》めすぎですよ。むしろロニーさんはデューイの負担どころか自慢の兄だと思いますよ」

「さっき言ってたきょうだいの面倒見てるからとかいうやつか。そんなの仕方なく見てるだけだ」

ロニーはどうにも素直じゃないみたいだ。こやつなかなか手ごわいな。

「どう見ても大切にしているようにしか見えませんでしたけど……他にも会ったばかりの私のことをかばってくれて、ボロボロな身体で助けを呼びに必死に走ってくれたじゃないですか」

普通、会ったばかりの人にここまでしてくれる人いないよ。

「……あれは成り行きで」

「成り行きでも、普通はそんなことしてくれません。ロニーさんはすごい人です。優しくて強い素敵な人です」

私が拳《こぶし》を握りしめてそう力説すると、

「そうだよ！」

すぐ近くから賛同する声があがった。そちらを見ると私と同じく拳を握りしめたデューイとマリアが立っていた。

おお、マリアがデューイを連れ戻してくれたのね。さすがマリアだ。

「兄ちゃんは自分の食べ物もチビたちに分けてやってて、それなのに仕事も人一倍して、たくさん稼げた時も自分じゃなくてきょうだいのためにって使ってくれる優しい人なんだよ」

拳を握りしめながらそう続けたデューイに、ロニーは、

「……デューイ、お前、どこから聞いてたんだ？」

と頬《ほお》を引くつかせて聞いた。

頬が少し赤いのでおそらく照れているのだろう。

「兄ちゃんが俺と会うつもりはないって言ったあたりから……その、自分が無学だから邪魔になるって、そんなこと考えてたなんて思わなかった」

なんというか一番聞かれたくない部分を聞かれたようでロニーは顔を手のひらで押さえて

はぁ～と息を吐《つ》いた。

「……そこを聞かれたならもう仕方ない……言った通りだ。お前はあんな生活の中、努力してエリートになったんだ。俺たちみたいな家族がいるとお前の将来の邪魔になっちまう。だからもう家には――」

ロニーのその台詞《セリフ》を、デューイは顔を険しくして途中で遮った。

「だから、なんでそうなるんだよ！」

それはデューイから初めて聞く怒鳴り声だった。

年齢のわりにいつも冷静な感じのデューイはこんな風に声を荒らげたりしたことがなかったから。

「兄ちゃんたちが邪魔になるわけないだろう。兄ちゃんがいてくれたから、僕は魔法省に入れたんじゃないか」

叫ぶようにそう言ったデューイにロニーが少し気圧《けお》されながら口を開く。

「いや、それはお前が自分で努力したからで、俺は何もしていない」

「何もしてなくないだろう。僕、あの頃はずっと必死で一人頑張っている気でいて何も気付かなかったけど、魔法省に入って生活に余裕ができて、あの頃のこと考えるようになってようやく気が付いたんだ。兄ちゃんがしてくれたこと」

デューイはそう言うとロニーの方へ近寄って行って、その手を取った。

「僕が学校へ行っていた時の家での仕事、兄ちゃんがかなり負担してくれていたんだろう。よく考えれば、一日かかるような仕事を学校から帰ってから寝るまでに終わらせるなんてできるわけない。それができていたのは兄ちゃんが自分の仕事と僕の仕事をしてくれていたからだ」

「……」

ロニーは何も答えなかった。でもその赤くなった頬と困ったような表情が、デューイが言ったことが正しいと物語っていた。

「昔も今も僕は、そんな兄ちゃんのことを尊敬してるんだ。だから邪魔になるなんて言わないでよ！」

デューイが必死な顔でそう叫ぶように言うと、ロニーもようやく口を開いた。

「……こんな環境の中で一人努力して魔法省に入った弟が、俺のいや俺たちきょうだいの誇りだった。優秀なお前には自由に生きて、先へ行って欲しかった。だから邪魔になるわけにはいかないと思ってたんだ」

デューイの頬に一筋涙が流れた。それはきっと悲しさからではないものだろう。

「……僕が努力して勉強し始めたのはあの環境から抜け出したいと思ったからだ。でもそれを続けて頑張ってこれたのは、きょうだいが好きで皆もあの環境から一緒に抜け出させたいって思ったから」

「……デューイ」

「だから僕を遠ざけないで、一緒にあの場所からきょうだい皆で抜け出そうよ」

デューイの必死の訴えはロニーの心に届いたようだ。

「……そうだな」

ロニーは小さく頷《うなず》いた。

そんなデューイとロニーの様子を私とマリアは感動して眺めた。

「素敵な兄弟愛ね」

「はい」

そうしてパーシー兄弟の誤解とすれ違いが解けたところで、私たちは再び、パーシー家へと戻ることにした。

デューイたちが他の弟妹たちともこれからのことを相談するということだった。

そうだよね。二人が仲直りできても、そもそも家族を困らせている原因である両親をどうにかしないと何も解決しないものね。

デューイの協力のもとにきょうだいだけで家を出たとしても、あの父親ならそのままくっついてきかねないとのことで、まだ問題は山積みだ。

『私たちで何かできることがあれば言ってね』と申し出た私とマリアにデューイは『はい』と素直に返事をしてくれた。なんだかデューイが以前より素直になった気がする。今回の出来事でデューイの中に何か変化があったのかもしれない。

よし、あの父親がまた何か言ってきたら今度は私も参戦してやる！　と意気込み戻ったら
――。

「……あれ？」

家の横で伸びていた父親の姿はすでになく、なぜか先ほどのパーシー家の弟妹たちは家の片付けをしており、その手伝いをラーナの部下と思わしき人々がテキパキとしている。なんだこの状況。

「……あの、ラーナ様、これはいったいどういうことなのでしょう？」

何やら部下と思わしき人々に指示を飛ばしていたラーナに、デューイが困惑した顔でそう尋ねれば、ラーナは真面目《まじめ》な顔で、

「うむ。デューイ・パーシー。君のご両親だが仕事がなく困っていたようだったので、私が仕事を紹介した。住み込みでの仕事先で、先方がすぐにでも来て欲しいとのことだったのですぐに送ってさしあげたところだ。しばらくはそこで頑張られるようなので、何か連絡があれば私を通してくれ」

ともっともらしく語った。

うん。怪しい感じしかしないな。

そもそもデューイの両親は仕事をせず、子どもを働かせて自分たちはそのお金で遊んで暮らしていたようなので、仕事がなくても困ってはいない。明らかにラーナが何かしている。

しかし、デューイもロニーも両親が明らかに怪しい感じに連れ去られても、怪訝な顔をするどころかほっとした顔をした。その顔で両親との関係性がわかるようだった。

家の片付けをしている弟妹たちの顔もどこか晴れやかだ。

「あの、それでどうして弟妹たちは家を片付けているんでしょうか？」

デューイが不思議そうな顔でそう問いかけると、ラーナは、

「それは引っ越しするからだ」

とさらりと答えた。それを聞いて、

「引っ越し、どういうことですか⁉」

ロニーが驚きの声をあげた。

「君たちの両親が住み込みで働くことになったので、ここには保護者がいなくなるわけだろう。聞けばここにいる一番上の君は成人しているらしいが、あとは皆未成年だということじゃないか。いくらなんでも一人で皆を見るのはきついだろう。だから日中、子どもの面倒を見てくれる場所のある魔法省の職員家族用の住居の方に引っ越してもらうことにしたんだ」

ラーナがすらすらと当たり前のように答えた。むしろこの家は子どもだけでずっと生活していたのだが、ラーナがそんな環境をよしとせず、この短時間でよりよい環境を準備したのだろう。本当に仕事ができる上司だ。

しかし、ロニーの方は、

「あの、でもうちには引っ越しができるような金がなくて……」

そう言って青くなった。

「ああ、引っ越し費用などは君たちのご両親が稼いだ分からいただくし、魔法省の住居はそこまで高額じゃないからデューイの稼ぎの一部で入れる。なんだったら君に新しい仕事も紹介しよう」

ラーナの至れりつくせりの提案に、ロニーは「そこまでしてもらうなんて」と迷う様子を見せたけど、デューイがロニーを見てこくりと頷き、

「ありがとうございます。よろしくお願いいたします。ラーナ様」

と頭を下げたことで、覚悟が決まったようで、同じように、

「ありがとうございます。よろしくお願いいたします」

とデューイに並び頭を下げた。

そうして二人に頭を下げられたラーナは、

「ああ、任せておけ」

と嬉しそうに言った。

こうしてパーシーきょうだいは魔法省の家族住居にお引っ越し、ロニーも新たな仕事を紹介してもらえることになった。

これでデューイもロニーも安心して、家族のために頑張れるだろう。

パーシーきょうだいとの話が終わったラーナに、私は、サラに会ったこと、ロニーが私をかばって闇の魔法を食らってしまったこと、そして私が黒丸でそれを取ることができたことなどを話した。

「うむ。あのサラという娘は、カタリナの匂いでも感知するのだろうか。それともそれも魔法なのか？　興味深いな」

そうだよね。前回は偶然みたいだったけど、今回は完全に探して見つけたっぽかったものな。

私、何か匂うのかしら？

「いなくなった経緯を聞くに、今日すぐに戻ってくるとは思えないが、カタリナ、安全のためにとりあえずこれを持っておけ」

そう言ってラーナから手のひらサイズの卵みたいなものを渡された。白い卵からは白いしっぽみたいな紐《ひも》がちょこんと一本生えている。なんだろうこれ？

「緊急時、この紐の部分をひっぱると大きな音がなり、私の持っている片割れに知らせがくる。もし今日のようにまたサラが襲ってきたりしたら使ってくれ」

ようは防犯ブザーのようなものらしい。ラーナが新しく作った道具だとか。

本当にすごいなと感心していると、ラーナが不思議そうに聞いてきた。

「しかし、君には使い魔がいるというのに、いつも思うがなぜそういう危険な時に呼ばないのだ？」

「あっ！　忘れてた」

私の闇の使い魔であるポチは強くて、大きくもなれる賢い子なのだ。ピンチに呼べば助けてくれる。ただ基本、呼ばなきゃ出てこない。

「……」

ラーナがあきれたような視線を向けてきた。

うん。ポチのことをなんだかんだでただのペットとしか思ってないために、忘れちゃうんだよね。つい。

た。

「……次は思い出すように頑張ります」

「うむ。そうしてくれ。本当はそんな次がないのが一番だが」

ラーナはそう言って深く頷いた。

本当は魔法省でちゃんと聞き取りした方がいいとのことだそうだが、ラーナが『前回も休みを潰してしまったからな』と、今聞いた話から自分の方でとりあえず報告してくれるそうだ。

ラーナもお休みなのにと言うと、『私についてはほぼ趣味だから気にするな』とのことだった。

ロニーの腕もラーナ、そしてマリアにも診てもらったが問題はないようだった。

それからロニーが父親に殴られてできた傷はマリアに診て治してもらった。ロニーはマリアの光の魔法に感動し深くお礼を言っていた。

傷も治り完全復活したロニーとデューイはこれから弟妹たちと共に引っ越しの準備を始めるそうだ。『私たちも手伝おう』と思ったのだが、ラーナの部下も含めもう人手はいっぱいなので先に帰っていいということになった。

「う〜ん。家に戻るにはまだ早いな」

まだ上の方にある太陽を見て私がそう言うと、マリアが、

「……あの、では私の家に少し寄って行ってもいいですか?」

とどこかおずおずと言い出した。

「もちろん。せっかくここまで来たのだもの。マリアも家に帰りたいよね」

私はすぐに同意して二人でマリアのお宅に向かうことにした。

ラーナに一応、念のためにポチを出しておくように言われたので、ポチをお供に二人並んで今度はちゃんと舗装された道を歩く。

さきほどロニーと通った道はロニーが仕事用に開拓した道でやはりちゃんとした道ではなかったみたい。ロニーは本当に苦労していたんだな。

ラーナが勧めてくれる仕事先なら変なところではないだろうし、魔法省の家族住宅に住むならもうそれほど弟妹の心配もしなくていいし、これまで苦労した分幸せになって欲しいものだ。

マリアともそのようなことを話しながら道を進んだ。

やがてマリアの家が近づいてきたので、

「マリアのお母さんに会うのも久しぶりだな。手土産《てみやげ》とか何も持ってきてないから申し訳ないな」

そんな風に言うとマリアが困った顔をした。

「……あの、カタリナ様、実は言っていなかったのですが、今日の今の時間帯、おそらく母は仕事で出かけていて家にはいないと思うのです」

「えっ、そうなの！　お母さんはいないの！」

「はい。言っていなくてすみません」

「えっ、ううん。別にそれはいいんだけど、じゃあ家にはなんで？」

てっきりお母さんに会いたいからと思っていたのだけど。

「……その、もしかしたら父がいるかもと思いまして」

「お父さん？」

「はい」

そういえばマリアからお父さんの話はあまり聞いたことがなかった。

遊びに行った時もお母さんにしか会わなかった。

普通に仕事に行っていて日中はいないんだと思っていたけど、今家にいるということは夜の仕事？　でもそれなら前に来た時にも家にいたんじゃないかな。

不思議に思い聞こうかと思ったところで、マリアが先に口を開いた。

「父とはその魔力が発動した頃からあまりちゃんと話したことがなくて」

なんですと！　まさかのマリアの事情に私は驚愕した。

なんていうか前に来た時のお母さんとマリアの二人の雰囲気がすごく穏やかでものすごくいい母子だなと思ったので、その延長線上でお父さんともあんな感じで仲良しだと思っていたため、そんな風だなんて思いもよらなかった。

「……その魔力が発動した頃からってだいぶ昔よね？」

「はい。五歳の頃でした」

早いすごい早い。五歳からわだかまりとか、もう十年を超しているじゃないか。

「母も父も平民であるのに魔力持ちの子が生まれたことで、私たち家族は色々言われるようになってしまって」

マリアは悲しそうにそう口にした。

私はそこで初めてマリアの生い立ちをきちんと理解した。

そうだ。貴族に生まれた私は魔力を持っていれば素晴らしいと褒められた。貴族の中ではそれは普通にあることで、よいことだったから。

だけど本来、ほとんど魔力を持たない平民の中に突然、魔力持ちが生まれたら、その子は異質なものとされるだろう。

義弟であるキースがそうであるように、貴族のお手付きの女性が産んだ子なのではないかと皆、考えるだろう。

初めてこの町に訪ねてきた時、皆がマリアの家を知っていたのはご近所付き合いが密なんだろうと勝手に思ったけど、そうではなかったのかもしれない。

そう大きくない町の中、魔力を持つ異質な子どもであったマリア、その家族は町の皆から好奇の目にさらされて生きてきたのかもしれない。

「それで父も家にいつかなくなってしまって、そのまま」

「……マリア」

切なそうな目で顔を伏せたマリアは、しかしすぐに顔をぐっと上げた。

「でも、今日、デューイたちを見て思ったんです。私もこのままじゃあ駄目だって」

マリア決意を固めた瞳でそう言うと続けた。

「私、デューイには家族でもちゃんと話さないと何もわからないとか言ったくせに、自分は本当を確かめる勇気がなくて逃げていたんです。でも、もう逃げるのはやめます。父とちゃんと向き合ってみます」

マリアは光の魔力を持つ特別な女性でこの世界の主人公だけど、本当はただの同い年の女の子で、もちろん弱いところだってあるって今はよく知っている。

だけど、弱さに負けることなく前を向くマリアという友人を私はこの時、改めて素敵で好きだと思った。

「マリア、私には何もしてあげられないけど、でも傍にいるから」

そう言ってマリアの手を取り握ると、マリアは微笑んで、

「ありがとうございます。カタリナ様がいてくれれば私は無敵です」

なんてことを言ってくれた。

私とマリアはそのまま手をつないでマリアの家へと向かった。

第五章　父娘の思い

私、マリア・キャンベルは握った大好きな人の手の温かさに大きな勇気をもらい、家までの道を歩いた。

私の魔力が発動してから家にこもりがちだったお母さんが積極的に外へ出始めたのは、私の魔法学園の夏休み、カタリナ様たちが家を訪ねてきてくれてからだった。

あの日、カタリナ様のお陰でまたお母さんとちゃんと話すことができるようになり、それから段々と関係を修復して、今では以前のように仲良くなっていた。

そしてそんな私との変化と共にお母さんはまた働きに出始めた。

初めは少しずつからで、次第に日にちを増やし、今ではほぼ毎日、働きに出ている。

お菓子、パンなどを作って売っている店はお母さんに合っていたようで『やりがいも感じてても楽しい』とこの前、帰った時に笑顔で話していた。職場に親しい人もできてその人たちと遊びにも出かけたりしているようだ。

私もお母さんもこの数年で本当に変わった。でもお父さんはまだ家に帰ってこない。

家を出て行ってから定期的に生活のためのお金はいれてくれているけど、それだけで家には姿を見せないままだった。

だからお父さんは私を嫌っているのだ。会いたくないのだろう。そう思っていた。

しかし、お母さんから最近もらった手紙に書かれていたことを読んでそうではなかったのかもしれないと感じ始めた。

いや、本当はもう少し前から、お母さんが働き始めて、私やお母さんのことはもうあまり噂《うわさ》にはなっておらず、お父さんの素行の悪さが噂になり、昔は責められていた私やお母さんには同情する声の方が多くなっているのだと聞いた時だ。

私に魔力があることがわかった時、お母さんの貴族との不貞が疑われ責め立てられるのは私とお母さんだった。

それが今では酒場で酔って暴れたり、道で酔っ払って転がっている男（お父さん）が悪いのだと言われているという。

お父さんはお酒は飲めない人だった。それなのに、なぜそんなことになったのか、噂のせいでお酒に飲まれてしまったのかもしれないが、でももしかしたら――。

浮かんだ考えに確信はなく時が過ぎ、もらった手紙には『先月の生活費をお父さんがお母さんの出かけているお昼くらいに家まで直接もってきたようだ。その時に私が魔法省へ入ったという記事を持ち歩いていたようだ』とのことが書かれていた。お母さんの友人が偶然、目撃したらしい。

お父さんは私を嫌っていなかった？　本当は気にしてくれているの？　すごく気になった。

でも、もしお父さんに会ってそのことを尋ねて、そんなの間違いで本当は私のことなど嫌いだとはっきりと言われてしまえば、耐えられるだろうか。

そんな風に考えてこの問題と関わるのを逃げてきたけど……ずっとこのままでいいわけない。

何より私がこのままでは嫌だ。

デューイとお兄さんのやり取りと、カタリナ様の言葉に力を貰《もら》って前を向く。

今日《きょう》はお父さんが先月と同じ給与を渡される日だ。

お父さんが来ていたお昼頃《ひるごろ》は、たぶん仕事のお昼休みの時間だろう。

そうするとまさに今くらいの時間なはずだ。ただ今日もくるなんて確信はない。

そもそも偶然、通りかかっただけかもしれない。職場に行けば会えるだろうが、自分から行ったこともなくそこまでの勇気はない。

でも、給与の日のお昼、またお父さんが家に来ていたら、それは――。

そんな風に考え、やがて家が近づき、その姿を見つけた時、やはり今日がその日だったのだと確信する。

きっと何かが今日、私にちゃんと話をしろと言っているような気がした。

私は家を少し離れたところから覗《のぞ》き込んでいたその人へ声をかけた。

「お父さん」

私の声に反応して振り返った父は記憶の中より年を取っていた。当たり前だあれから十年以上は経《た》っているのだから。

「……マリア」

お父さんはそう言ったきり、口を開けて固まった。まさかここに私がいるとは思わなかったのだろう。

「どうしたの?」

私がそう聞くとお父さんはびくりとして決まり悪そうな顔になる。そして、

「少し通りかかっただけだ。じゃあな」

とさっさと去っていこうとした。

ここで別れたら駄目だ。まだちゃんと聞いていないのだから。

私は繋《つな》がれているカタリナ様の手を思わずぎゅっとしてしまう。

するとカタリナ様はぎゅっと手を握り返してくれた。はっと横を見ると『頑張れ』というようにこくりと頷《うなず》いてくれた。

大丈夫、私にはカタリナ様がいてくれる。

「待ってお父さん」

私は声を張り上げた。

止まったお父さんに私は一人、歩み寄った。カタリナ様の手は離したけど、でもその手から貰った力で私はまっすぐ父を見つめた。

「……私、ずっとお父さんは私が嫌で家に寄り付かないんだって思っていたの」

私がそう言うと、お父さんは驚いた顔をした。

「そ、そんなことは……」

お父さんがそう口にしたことで私はとてもほっとした。ここでその通りだと言われたらどう

しようとずっと思っていたから。

「でも、町での噂がお母さんと私を責めるものからだらしないお父さんが悪いって変わっているって聞いて思ったの。お父さん、お母さんと私が責められないようにわざとだらしないふりして町中を歩いて、酒場やレストランで寝泊まりしたり、道路でそのまま夜を明かしたりしているの？」

お母さんから話を聞いた時にもしかしたらと思ったのだ。

お父さんはお酒が飲めない。飲むとすぐ寝てしまうのだと聞いたことがあったから、飲んで暴れまわるなんて変だと思った。

それにそんなに素行が悪いのにちゃんと仕事には行けているようで、生活のためのお金はきちんと届く。なんだかちぐはぐで可笑《おか》しい。

お母さんが家に閉じこもったままだったら知ることのできなかった事実がどんどんわかって、そして私は思ったのだ。お父さんはわざと素行の悪いふりをしているのではないかと。私とお母さんが悪く言われないよう、すべて自分が悪いと皆に思われるように。

私の質問にお父さんの目が大きく見開かれる。そしてものすごくバツの悪そうな顔になった。

その顔を見て、質問の答えはわかった。

私はお父さんの手を取った。

「お父さん、私もお母さんも、もうそんな風に守ってもらわなくても大丈夫。お母さんにも私にもちゃんとわかってくれる友達ができたんだよ」

お母さんの職場でできた友達はお母さんの人柄をきちんとわかってくれて、貴族と通じたなんて噂を馬鹿馬鹿《ばか》しいと怒ってくれる人で、昔、悪意ある噂が流れ離れていった人たちとは違うのだとお母さんが嬉《うれ》しそうに言っていた。

私にもどんな時でも味方でいてくれるカタリナ様や、皆さんがいてくれる。

私がカタリナ様に目をやるとお父さんもカタリナ様を見た。

カタリナ様がぺこりと頭を下げるとお父さんもそれにならう。

お父さんの目が穏やかに安心したというものになる。

私は魔法学園に入るまでずっと一人だった。やっとお父さんに大切な友達を見せることができて嬉しい。

「それに私もお母さんも昔よりずっと強くなったんだよ」

私は胸を張ってそう告げた。

私もお母さんももう人の噂に怯《おび》えてびくびく生きたりしていない。何を言われたって前を見て自分を持って生きていける。

「だからもう家に戻ってきてよ。お父さん」

そう言って握った手に力をこめると、お父さんはその手を大きな手で握り返してくれた。そして、

「……ああ」

と頷いてくれた。

その目にはうっすら涙が浮かんでいて、私も思わず泣きそうになった。

お父さんはとりあえず仕事の途中なので今日は戻らなくてはいけないとのことだったし、私も明日《あす》からまた仕事のため寮に戻らなくてはいけない。

私は次の休みには必ず帰ってくるから、その時には家にいてねと言い、お父さんもそれに頷いて別れた。

一連のやり取りを見守ってくれたカタリナ様はなぜか私たち親子より号泣していて、

「よかったね。マリア〜〜」

とそれは自分事のように喜んでくれた。

「ありがとうございます。カタリナ様。カタリナ様がいてくれたから私、勇気が出せたのです」

そうお礼を言うとカタリナ様が、がばっと抱き着いてこられた。カタリナ様からは優しくて温かな匂いがした。

★★★★★★★

「……っくすん……くすっん」

「大丈夫ですか？」

「うん。ありがとう。だいぶ落ち着いてきたわ」

私はそう言うとハンカチで鼻をかんだ。

先ほどまでマリアの家の事情をまったく知らなかった私だったが、マリアとマリアのお父さんのやり取りを見て私はその父娘の家族愛に非常に感動したのだ。それこそ当事者たちより激しく号泣してしまうくらいに。

そうしてあまりに号泣し、当事者のマリアにまで心配され、やがてようやく涙も収まったということだ。

マリアのお父さんはもう仕事に戻らなければならないということで戻っていったが、娘にすがりつき、当事者でもないのに感動でむせび泣く変な女を見ても、

「マリアはよい友人を持ったのだな」

と優しく言ってくれた。いい人だ。

うちのお母様なら『こんなところで鼻まで垂らして泣くなんてはしたない』とかで怒られそうだ。

落ち着いたところで、マリアの家でお茶まで入れてもらった。申し訳ない。私がお茶を飲んでいる間にマリアはお母さんへ今日のことを報告すると手紙を書いていた。

お母さんが帰ってくるのも遅くなりそうだということで。

「お仕事がすごくやりがいがあって楽しいみたいで、だいぶ遅くまで頑張っているみたいなんです」

そんな風にお母さんのことを語ったマリアはとても嬉しそうだった。

これからはここにお父さんの話も加わるといいな。

「う～ん。今日はなんだかすごく色々とあったけど、まだ時間はお昼過ぎね。どうしよう。もう帰ろうか？」

今日は元々、マリアと城下の街で遊ぶ予定だった。

それがなんだかんだで、デューイの家へ行って、森でサラにまた遭遇して闇《やみ》の魔法をかけられて、デューイの家に戻ればラーナが引っ越しの準備をしていて、それからマリアの家に来てマリアとお父さんがわかり合って。かなりの出来事なわりにはまだお昼過ぎ、なんというかハードな一日だった。

しかし、なんだかんだあり、お昼も食べていなかった。そう思った途端、お腹《なか》がぐ～となった。

本来なら目星をつけていた城下町のレストランでご飯の予定で、それからその後にデザートをたらふく食べるつもりだった。

ケーキにクッキー、アイス……駄目だ考えたら食べたくなってしまった。

「ねぇ、マリア、帰る前に少しだけ城下町でお菓子食べていかない？」

お腹の音を鳴らしながらの提案にマリアはくすりと笑ってＯＫを出してくれた。

「おお、着いた着いた」

私とマリアはクラエス家のお忍び馬車で、無事に城下町へと到着した。

ぐーぐーと鳴るお腹で、さすがに町までは我慢できなかったので、マリアのお母さんのところでパンを買って食べたのだけど、これが美味《おい》しかった。近くにあったらもれなく常連さんになりたいくらいだった。

でも城下町のお菓子も食べたかったので、満腹まで食べないように我慢した。美味しそうなパンを前に数個に絞らなくてはいけないのはつらかったが頑張った。

「よし、じゃあマリア、目星をつけていたお菓子屋さんに行きましょう！」

「はい。カタリナ様……あっ、カタリナ様、眠気覚ましのお茶はいいのですか？」

お菓子屋さんに行こうと張り切った時、マリアが当初の目的であった眠気覚ましのお茶のことを思い出した。

「はっ、そうだったわ。当初の目的はそこだったわ。じゃあそこにいってさっとお茶を買って、それからお菓子屋さんに向かおう」

「はい」

そうしてマリアの案内のもと、眠気覚ましのお茶がおいてあるというお店へと向かうと、その店の外にはなぜか知っている人が立っていた。

「お～、ようやく来たな。今日はもうこないか、入れ違いになったのかと思ったぞ」

アランがふてぶてしげにそんな風に言って、手にしていた白い鳥を飛ばした。

「えっ、アラン様!?　どうしてこんなところに？　それから今の鳥は一体？」

「お前たちが城下町で買い物をするって情報がきたから張っていたんだが、なかなか見つけられないからそれぞれ来そうな場所を張ることにしたんだよ。今の鳥はお前らを見つけた連絡」

「はぁそうですか……ってどういうことですか？　そんな情報がどこから出たんですか？」

「あ〜、ある筋から、ってそれはまぁいいだろう。とにかく皆、お前と一緒にいたくてしかたねぇんだってさ」

アランがそう言うと、道の先の方からもうダッシュしてくる人物が目に入った。

「カタリナ様！　よかったお会いできて。私、お昼からしかこられなかったので、入れ違いになっていたらどうしようかと思っていました」

そう言ってメアリががばりと抱き着いてきた。

久しぶりに会ったけど、元気そうで何よりだ。

「カタリナ様、カタリナ様」と美女にホールドされふわふわボディに包まれていると、ぐっと後ろへと引きはがされた。

「公衆の面前で人の婚約者に抱き着くのはやめてください。メアリ・ハント嬢。アランも婚約者ならぼーっと見てないで止めてください」

「ジオルド様!?」

私を引きはがしたのはジオルドだった。

てっきりアランとメアリだけかなと思っていたら、まさかのジオルドもいて驚いていると、

「私たちもいますよ」

とソフィアが可愛《かわい》い顔をちょこんと見せた。後ろにはいつものようにニコルの姿があり、目が合うと魔性の微笑《ほほえ》みを向けられた。

うっ、今日もこちらは絶好調だな。なんとか魔性の笑みに耐えていると、はぁはぁと息を切らしながら、

「わざわざ仕事を持ち込んでまで朝から街を張ってた執念深い人もいるみたいですが、だいたいは皆、さっき集まったところだよ」

キースがそう言って登場した。

うっすら汗もかいているようで色気もまた増し増しだ。

「うるさいですねキースは、自分が仕事を効率よくさばけないからってつっかかってくるのはやめてください。未来の義兄《あに》が効率よい仕事の仕方を教えてあげましょうか」

「結構です。それにジオルド様の義弟《おとうと》になる予定もありません」

ジオルドとキースがいつものようなやり取りを始めた横で、ソフィアがこっそり、

「皆、カタリナ様と少しでもお会いしたくて、お仕事を頑張って早めに切り上げてきたんですよ」

と教えてくれた。

皆、お休みだったのかなと思ったが、わざわざ私に会うために早めに切り上げてきてくれたんだ。嬉しいな。

「ねぇ、じゃあ、皆でお菓子を食べに行きましょう」

そう誘うと皆「喜んで」と同意してくれた。

マリアおすすめのお茶はすでに皆が購入していてくれてプレゼントしてくれた。ありがたい。今度、午後の仕事前に早速飲んでみることにしよう。

そうして皆でお菓子屋さんまで移動したのだけど……前に来た時も思ったけど、このメンツ目立つな。皆、美男美女で服装こそ街に合わせて質素にしているものの、なんともいえないオーラが出ている感じだものな。

そんなこんなで道行く人の視線を集めながらも、お菓子屋さんに到着した。

「うわぁ～、どれも美味しそうで目移りしちゃうわ」

「ふふふ。カタリナ様、何個か頼んでシェアしましょう」

「いいの。メアリ、やった～」

「ずるいですわ。お二人とも私たちも交ぜてください」

「もちろん。四人でシェアしていただきましょう」

ちょっと大人数だったので、席は女子と男子チームで別れ、私たちは女の子同士でお菓子を分け合い盛り上がった。

「僕はカタリナと一緒にいたかったのに、なぜ、またこの面子《メンツ》でテーブルを囲むことになっているのでしょうか」

「仕方ないですよ。ジオルド様。はい、こちらのケーキをどうぞ」

「おお、これ、なかなかいけるぞ」

「アラン様、口の端にクリームついていますよ。これで拭いてください」

「おお、キース。悪いな」

「キースは本当に気が利くな。いい母になるな」

「ニコル様、前もいいましたが、僕は男ですから」

男子たちのテーブルからもそんな感じで盛り上がっている声が聞こえてきていた。

ひとしきりお菓子も食べ終わった頃、

「ところで、カタリナ様たちはこれまではどこを回っていたのですか？」

とメアリが気軽に聞いてきた質問に、そう言えば午前中の出来事は話していなかったことを思い出した。

久しぶりにワイワイと楽しくて忘れてしまっていた。

私は寮でデューイと会い、そのままデューイの家に行き、サラに魔法をしかけられたりしつつも、デューイ兄弟が仲直りし、マリアも父と仲良くなったということを話した。

「……え～と、すごくさらっと話されて混乱してしまって……マリアさん、補足をお願いしてもよいですか」

メアリは頭を抱えつつそう言った。

え、そんなに混乱するような内容だったかしら?

そんな私たちを見てマリアは少し困った顔になりつつ、私より上手にわかりやすく今日の出来事を話した。

そして気付けば男子チームも傍《そば》まで来ていて、マリアの話が終わると、

「カタリナ、君はまたなのですね」

「義姉《ねえ》さん。あなたって人は……」

「カタリナ様」

「お前なぁ、またかよ」

「カタリナ様」

「カタリナ」

皆に厳しい目を向けられ、またお説教されることとなってしまった。

えっ、今日はいい活躍をしても怒られるようなことはないはずなのに！

こうして最終的に皆のお説教をもらい私の休日は終了した。

★★★★★★★

私、魔法省のラーナ・スミスこと本名スザンナ・ランドールは、デューイ・パーシー兄弟の引っ越しの手続き、魔法省への報告をすませ、最後に婚約者であり協力者であり支援者でもあるジェフリー・スティアートの元へと向かった。

ドアをノックし入室の許可を求めると、

「どうぞ～」

といつもの呑気《のんき》な声が返ってくる。

「失礼する」

そう言って中に入れば、ジェフリーは机に座って書類を確認していた。

チャランポランな態度でやる気など皆無といった雰囲気のジェフリーだが、その仕事は早く的確だ。

本人はまったく求めていないが、彼を次期国王に推す声があるのも頷けるほどできる男ではある。

「先に知らせを届けておいたが、改めてでき上がった報告書を持ってきた」

私がそう言って書類を突き出すとジェフリーはそれをひょいと受け取って、ペラペラと目を通していく。

「ふ～ん。だいたい先の報告の通りだね。それにしてもカタリナ嬢の事件に巻き込まれ率はひどいね。まるで何かに呪《のろ》われているようだね」

「うむ。それについては同感だ。しかし、当の本人はそんな自覚まったくなしだがな」

前回の孤児院の時といい、その前の誘拐事件といい騒ぎの中にだいだい巻き込まれるカタリナ。

それでいていつも無事というか本人がとても元気で、まったく気にしていないのだが、さすがに心配になってくる。

私でもそうなのだから、彼女を大切に思う者たちはより気が気でないだろう。

「カタリナ嬢にはとりあえずの策として、呼び出し魔法道具を預けておいた。あとは闇の使い魔をちゃんと使うようにも言っておいたが、そこは彼女次第だな」

カタリナの影に住む闇の使い魔は巨大な狼《おおかみ》にも姿を変えられる。ちゃんと使えばかなり強い存在だ。

しかしカタリナはその使い魔をペットのように思っていて自らのピンチでも呼ぶということを忘れがちだ。

その辺はなんとも彼女らしいとは思うのだが、本当に危険な時は呼ばなければ使い魔の持ち腐れになってしまう。

「もし万が一、本当に彼女が危険そうだと判断したら影から護衛をつけることも検討しよう。先にクラエス公爵がつける可能性もあるからその辺を確認してだな」

ジェフリーはそう言って書類を持ち上げ、私の方へと寄こしてきた。そして、

「それにしても今回は、君も少し冷静でなかったみたいだね」

少し眉《まゆ》を下げそんな風に言ってきた。

「うむ。それについては自覚している」

デューイ・パーシーの父親について軽率に、外で民間人に魔法を行使したことは問題ある行為だったと自分でもわかっていた。

ただあの場で、自分を止めることができなかったのだ。

「あの男が、子どもを道具のようにひどい扱いをしたのを見て頭に血が上ってしまったのだ」

私は魔法が関わらないことには興味が薄く生きているが、一つだけ自分の子どもを道具のように扱う親が許せない。それは私の生い立ちのせいだろう。

私の父であるバーグ侯爵は、自分が成り上がることにしか関心のない男だ。

バーグ侯爵にとって子どもは出世、利益を得るための道具、妻も同じだ。

より多くの道具を得るためにバーグ侯爵はたくさんの妻を娶《めと》り子どもを産ませた。そこに家族愛など存在しない。

私の亡き母はバーグ侯爵の正妻だった。身分が高く使う価値のある女だったからだそうだ。

身体《からだ》を壊してからは使えなくなったと離れに遠ざけられ、バーグ侯爵に会うことなくそのままこの世を去った。

私は幼い頃から賢く、バーグ侯爵の望むように振る舞えており、王子の婚約者としてあてがわれたが、母が亡くなりバーグ侯爵のいうように振る舞うのが馬鹿らしくなり、彼のいうことを聞くのを一切やめた。

それ以来、バーグ侯爵は私をそれは嫌い、邪魔で消したいと常々言うほどになった。しかし、私がジェフリーと婚約していることから手をくだせないでいる。

それでもジェフリーに他《ほか》の娘を宛てがおうとしたり、未《いま》だに私をどうにかしたいと常々、動いている。

そんな男にほとほとうんざりしているせいで、私はそういう親が大嫌いだ。殺意すら覚えてしまう。

そんな私の事情をすべて知っているジェフリーは、

「それは仕方ないね」

と肩をすくめる。

「……あの後、少し調べただけでもひどい親だということがわかった」

あの母親の方も本当に子どもを産むだけで、その後子どもに産んだ子を放り投げ、また遊び歩くような人間だった。

父親は博打《ばくち》と酒だったが、母親の方は男遊びも盛んだったようで、あそこにいた子どもたちの父親がすべてあの男だったのかは定かではなかった。

「それでもあのきょうだいたちは互いに助け合い生活していた」

必死にお互いを支え合いロニーという兄は必死に弟妹を守っていた。

「……私とは大違いだ」

私には異母きょうだいが何人かいるが、これまでほとんど接点がなく過ごしてきた。

そのため私はきょうだいたちのことをほぼ知らなかった。

正妻の子である私の扱いさえこのような状態である。他の弟妹たちがまともに扱われているはずはなかった。彼らもまたバーグ侯爵のいいように扱われている。それに気付いても今の私では何もしてやれない。

ここ数年で、ジェフリーの力も借り私もそれなりに力をつけてはきたが、まだバーグ侯爵を抑えきることはできない。

「……無力だ」

私は自分の手を見てぽつりと漏らしていた。

『自分の力で生きたい』と必死に声をあげた異母妹の姿が脳裏に浮かび、柄にもなく気持ちが落ちてしまう。すると、頭をポンと引き寄せられた。

「今はまだな。これからもっと力をつければいい。そのために僕らは頑張っているのだろう」

ジェフリーが私をその胸に抱きながらそんな風に口にした。

温かく大きな胸の中、すっかり馴染《なじ》んだ香りに包まれて、私の落ちた気持ちもすこしずつ上がってきた。

「……そうだな。ありがとう」

私がそう言うとジェフリーは優しく頭を撫《な》でてくれた。

そうして私はしばらく彼の胸を借りた。

★★★★★★

「お帰り。サラ」

カタリナ・クラエスのせいで乱れた気持ちをなんとか切り替えて主《あるじ》のところへと戻ると、そう言って出迎えられた。

「はい。戻りました」

頭を下げつつ、私は主の横に立つ男にちらりと視線を向けた。それに気付いた男は、にこりとして、

「いやあ、久しぶりだね。一人でも外出するようになったんだね。どういう心境の変化だい？よければ聞き取りをさせてもらいたいな」

そう言ってきた。私はすぐに、

「変化など何もございません。お話しできることもありません」

と男から目をそらした。

この男の目が嫌だった。あの暗闇の中でいつも向けられてきた実験用の動物を観察するような目。

しかし、私の完全な拒絶にもめげない男はさらに、

「いや、少しだけでいいから」

と言いつのろうとしてきたが、主がそれを制した。

「――様、まずは報告をお願いします。サラ、君は今日、休みなのだから、もう下がっていいよ」

私はほっとしてその場を後にした。

今日はどういう訳かひどく疲れた。カタリナに関わったことを本来なら主に報告しなければならないのだが、そんな気になれない。

私は与えられた部屋に戻りベッドの上で丸くなって眠った。

★★★★★★

色々とあった休みが明け、今日からまた魔法省へ出勤だ。

馬車を降り、門をくぐり歩いているとデューイとソラが一緒に歩いているのを発見した。皆、新人なので早めに来ているのだが、二人だけで歩いているのは初めて見た。

意外な組み合わせだなと思いつつ、駆けていって声をかける。

「ソラ、デューイ、おはよう」

「おはようございます」

「おはよう」

デューイはキラキラした笑顔でソラはいつも通りにそう挨拶《あいさつ》を返してくれた。

しかし、この間まで沈んだ顔していたデューイがすごくいい顔になっていて嬉しい。

「カタリナ様、昨日《きのう》はありがとうございました」

律儀なデューイがそう言って頭を下げてきた。

「いえいえ。私は何もしてないから」

本当に何もしていないので、そう言ったのだけど、デューイは首を振って、

「いえ。本当にカタリナ様たちのお陰です。家族皆、感謝しています」

などと言われ、何やら照れてしまう。ソラがそんな私をどこかにやにや見ているのも、決まりが悪い。話題を変えようと、

「二人が一緒なんて珍しいわね」

と私が言うと、

「ソラさんに、昨日の僕の引っ越しの作業を手伝ってもらったので、今日、お礼をしに行ってそのまま一緒に来たんです」

とデューイが説明してくれた。

「デューイももう引っ越したの？」

家族は昨日のうちに魔法省の住宅に越し、デューイも、のちのちそちらへ引っ越すと聞いていたが、昨日の今日でもう引っ越したのだろうか。

「いえ、僕はまだ準備だけで。それもこちらに来て荷物も色々と増えたのでバタバタしていたらソラさんが見かねて手伝ってくれたんです」

「いや、あんまり不慣れなもんで少しな。それだけなのに朝からちゃんとお礼を言いにくるなんてしっかりしてるよ」

「全然、そんなことないです」

ソラはなんだかんだ言ってすごく面倒見がいいからな。デューイもなんだか一気にソラにな

ついたみたいだ。

「じゃあ、引っ越しの支度ができたら、家族のところで住むんだね。デューイも魔法省の住宅は見たの？」

「はい。とても綺麗《きれい》でちゃんとした造りの家で周りも魔法省の方の家族が住んでいるので治安もよくて、紹介してくださったラーナ様には本当に感謝してます」

デューイはそうキラキラした目で語った。そうだね。元の家は今にもつぶれそうでボロボロだったものね。よかったね。うんうんと頷いていると、

「皆さん、おはようございます」

と後ろから可愛らしい声が聞こえてきた。

「おはよう。マリア」

「おはよう」

「おはようございます。マリア」

今日も可愛らしい我らが主人公マリアだ。マリアも昨日のお父さんの件で気持ちが明るいのかいつもよりキラキラしている気がする。

「皆さんに朝からこんな風に会えるなんて嬉しいです」

と向けられた笑顔は最高に可愛く、私が男だったら『結婚してください』と跪《ひざまず》いて求婚したところだ。

デューイもその気持ちは同じだったようで、顔を赤くしている。

ソラは、う～ん。いつも通りな気がするが、どうなんだろう。ソラは本音を隠すのが上手そうだからよくわからない時があるんだよね。

そんなことを考えながらデューイとソラを見ていると、デューイの肩をソラがトントンと叩《たた》く。ん、なんだろう。

「あの、マリア、昨日は本当にありがとうございました。家族、皆、マリアたちに感謝しています」

デューイは私に言ったことをマリアにも同じように言ったのだけど、なんだろう雰囲気が違う。上目遣いだし、目は少しウルウルしてる。

どうしたの。デューイ、なんかキャラが、キャラが変わってない。

そして続いてデューイは私には言わなかったことを口にした。

「その、お礼に今度、一緒にご飯に付き合ってくれませんか？」

ええ～なんだ。その目を潤ませての誘い文句。本当にどうしたのデューイ！

私が驚愕《きょうがく》してデューイを見ていると、ソラがこそりと、

「昨日、ついでに年上女の口説き方、伝授してやったんだ」

と耳打ちしてきた。

いや、なんだそれ、なんてもん教えてくれちゃってんの。

「ちょっと純粋なデューイになんてこと教えてくれちゃってんのよ」

「いや、気になっている年上女性がいるって聞いちまったからな。ちょっとしたアドバイスだよ」

「だからって、あんなのデューイのキャラと違うじゃない」

「ああ、あいつの顔だったらああした方が年上女は落ちやすいだろうって教えてやったんだ。全然、顔を活かしきれてなかったからな」

つまり意図的にショタキャラで迫れと教えたらしい。なんというかソラは青少年の育成のためにはならない存在かもしれない。

ショタキャラで迫れと教えられたデューイは元来の素直さで、そのまま実践しているわけだが、それで迫られたマリアは――驚いてはいるようだが……どう出るの？

ドキドキで展開を見守っていると、

「はい。いいですよ」

まさかのＯＫだった。

二人でデートするの!? マリアが男の子とデート！

ついにマリアにも恋愛フラグが！ でも心なしかそれはそれでなんだかさみしい気がする。

「では、いつがいいですかね。カタリナ様」

「はぇ？」

マリアはニコニコとこちらを見て続けた。

「あ、聞いてなかったんですね。デューイが皆でご飯を食べに行きませんか？ って。カタリナ様はいつがご都合がいいですか？」

「あ、え～と、休みを確認してみないとわからないから、また後でもいい？」

「はい。じゃあ、お昼にでもまた」

つい勢いで普通に返事をしちゃったけど、はっとデューイを見れば悲しそうな顔をしていた。なんかごめん。デューイ。

横ではソラが結構本格的に笑っている。

こら、デューイに失礼でしょう。

四人で少し歩けば、部署が違うマリアとデューイとはここで別れる。

「またお昼に」

と手を振るマリアに私も手を振り返す。

デューイはまだちょっぴりしょんぼりしていた。

「あちらも鈍感というか、大変だな」

ソラがまだ少し笑いを残しつつそんな風に言った。

あちらって誰《だれ》と比べているんだろう。

私は自分の部署までの道をソラと並んで歩きながら、デューイに変なことを教えないように釘《くぎ》をさした。

今日もまたいい天気だ。お仕事、頑張ろう。

あとがき

皆さん、こんにちは、あるいはお久しぶりです。山口悟と申します。

『乙女ゲームの破滅フラグしかない悪役令嬢に転生してしまった…』もなんと十一巻目となりました。

なんだかすごい巻数になったなと夢心地でおります。

これも本作を読んで応援してくださった皆様のお陰です。本当にありがとうございます。

本作が出版される頃はアニメ二期も後半戦になっていると思います。

アニメ制作のスタッフさんには一期と同様に素晴らしいアニメを作って頂き、ありがたい限りです。

当初はまさか二期まで作成して頂けるとは思ってもみませんでした！

本当にこれも応援してくださった皆さんのお陰です。ありがとうございます！

アニメ一期は本作の一、二巻の部分を制作して頂きました。

二期ではそれ以降のお話を制作して頂いています。

当初の予定では見ることのできなかった登場人物たちも、たくさん登場し画面の中で動いてしゃべっており、すごく嬉しいです。

毎週テレビの前で待機して、楽しく見させてもらっています。

皆さんもぜひ、楽しんでください。


さて、では今回の十一巻の内容を紹介させて頂きます。

魔法省で『闇の契約の書』の解読と闇魔法の練習に励むカタリナの元へ国王陛下から呼び出しがかかる。

私、何かやらかした！　と焦るカタリナ。

そしてマリアとともに馬車に乗り込んでお城へ向かう。

またマリアとのことで思い悩むデューイの元へは家族からの手紙が届く。

手紙にはデューイの妹が病気ですぐに来て欲しいと書かれていた。

偶然、デューイが手紙を読む場に居合わせたカタリナとマリア、そしてラーナと共にマリアとデューイと街へと向かうことになり、そこでは思わぬ展開が!?

そんなストーリーになっております。どうぞよろしくお願いします。

本作が発売されるのは八月の末とのことで、例年を思い出すと、きっとまだまだ暑い時期かと思います。皆さん、どうぞ体調には、十分にお気をつけてお過ごしください。

また学生の皆さんは夏の休みが終わる頃になりますね。

ちなみに私は小学生の頃、出された宿題はほとんど休みが終わる三日前くらいにようやく取りかかり、最終日の夜はいつもほぼ徹夜状態でした。

そのため毎年、新学期初日にはフラフラになり親に怒られていました。

皆さんはそのようなことにならないよう気を付けてください。そしてすでになっている方は頑張ってください。

親には『毎年、こんなでは大人になれん！』と怒られてきましたが、とりあえずなんとなく大人にはなれました。

同じような学生の方、大丈夫です。なんとかなりました。


最後に、いつも素敵なイラストを描いてくださるひだかなみ様、編集部の担当様、また本作を出版するのに力を貸してくださったすべての皆様に心よりの感謝をもうしあげます。

皆様、本当にありがとうございました。

山口　悟

乙女《おとめ》ゲームの破滅《はめつ》フラグしかない悪役令嬢《あくやくれいじょう》に転生《てんせい》してしまった…11 特装版《とくそうばん》

2021年9月1日　初版発行

著　者■山口 悟
発行者■野内雅宏
発行所■株式会社一迅社
〒160-0022
東京都新宿区新宿3-1-13
京王新宿追分ビル5F
電話03-5312-7432（編集）
電話03-5312-6150（販売）
発売元：株式会社講談社
（講談社・一迅社）

印刷所・製本■大日本印刷株式会社
DTP■株式会社三協美術

装　幀■萱野淳子

ISBN978-4-7580-9391-0

●この作品はフィクションです。実際の人物・団体・事件などには関係ありません。

この本を読んでのご意見
ご感想などをお寄せください。

おたよりの宛て先

〒160-0022
東京都新宿区新宿3-1-13
京王新宿追分ビル5F
株式会社一迅社　ノベル編集部
山口《やまぐち》 悟《さとる》 先生・ひだかなみ 先生

IRIS 一迅社文庫アイリス

悪役令嬢だけど、破滅エンドは回避したい――

『乙女ゲームの破滅フラグしかない悪役令嬢に転生してしまった…1』

著者・山口 悟
イラスト：ひだかなみ

頭をぶつけて前世の記憶を取り戻したら、公爵令嬢に生まれ変わっていた私。え、待って！　ここって前世でプレイした乙女ゲームの世界じゃない？　しかも、私、ヒロインの邪魔をする悪役令嬢カタリナなんですけど!?　結末は国外追放か死亡の二択のみ!?　破滅エンドを回避しようと、まずは王子様との円満婚約解消をめざすことにしたけれど……。悪役令嬢、美形だらけの逆ハーレムルートに突入する!?　破滅回避ラブコメディ第１弾★

IRIS 一迅社文庫アイリス

ついに破滅の舞台に向かうことになりました⁉

『乙女ゲームの破滅フラグしかない悪役令嬢に転生してしまった…2』

前世でプレイした、乙女ゲームの悪役令嬢カタリナに転生した私。未来はバッドエンドのみ——って、そんなのあんまりじゃない⁉　破滅フラグを折りまくり、ついに迎えた魔法学園入学。そこで出会ったヒロイン、マリアちゃんの魅力にメロメロになった私は、予想外の展開に巻き込まれることになって⁉　破滅エンドを回避しようとしたら、攻略キャラたちとの恋愛フラグが立ちまくりました？　悪役令嬢の破滅回避ラブコメディ第２弾‼

著者・山口 悟
イラスト：ひだかなみ

悪役令嬢だけど…
破滅エンドは
回避したい
乙女ゲームの破滅フラグしかない悪役令嬢に転生してしまった…
キャラクター原案・コミック／ひだかなみ
原作／山口 悟

WORLD Character
悪役令嬢の
破滅回避コメディ
ZEROSUM《ゼロサム》にて
長編コミック
連載中!!
キャラクター原案のひだかなみによる
待望のコミック化★
IRIS ICHIJINSHA
一迅社文庫アイリス
★詳細は一迅社発行物・
媒体にて発表します★

第10回 New-Generation
アイリス少女小説大賞

作品募集のお知らせ

一迅社文庫アイリスは、10代中心の少女に向けたエンターテインメント作品を募集します。ファンタジー、時代風小説、ミステリーなど、皆様からの新しい感性と意欲に溢れた作品をお待ちしております！

金賞 賞金100万円 ＋受賞作刊行

銀賞 賞金20万円 ＋受賞作刊行

銅賞 賞金5万円 ＋担当編集付き

応募資格 年齢・性別・プロアマ不問。作品は未発表のものに限ります。

選考 プロの作家と一迅社アイリス編集部が作品を審査します。

応募規定 ●A4用紙タテ組の42字×34行の書式で、70枚以上115枚以内（400字詰原稿用紙換算で、250枚以上400枚以内）

●応募の際には原稿用紙のほか、必ず ①作品タイトル ②作品ジャンル（ファンタジー、時代風小説など）③作品テーマ ④郵便番号・住所 ⑤氏名 ⑥ペンネーム ⑦電話番号 ⑧年齢 ⑨職業（学年）⑩作歴（投稿歴・受賞歴）⑪メールアドレス（所持している方に限り）⑫あらすじ（800文字程度）を明記した別紙を同封してください。

※あらすじは、登場人物や作品の内容がネタバレも含めて最後までわかるように書いてください。

※作品タイトル、氏名、ペンネームには、必ずふりがなを付けてください。

権利他 金賞・銀賞作品は一迅社より刊行します。その作品の出版権・上映権・映像権などの諸権利はすべて一迅社に帰属し、出版に際しては当社規定の印税、または原稿使用料をお支払いします。

締め切り 2021年8月31日（当日消印有効）

原稿送付宛先 〒160-0022 東京都新宿区新宿3-1-13 京王新宿追分ビル5F
株式会社一迅社 ノベル編集部「第10回New-Generationアイリス少女小説大賞」係

※応募原稿は返却致しません。必要な原稿データは必ずご自身でバックアップ・コピーを取ってからご応募ください。※他社との二重応募は不可とします。※選考に関する問い合わせ・質問には一切応じかねます。※受賞作品については、小社発行物・媒体にて発表致します。※応募の際に頂いた名前や住所などの個人情報は、この募集に関する用途以外では使用致しません。